Cartas de chegada

Editora Appris Ltda.
1.ª Edição - Copyright© 2025 dos autores
Direitos de Edição Reservados à Editora Appris Ltda.

Nenhuma parte desta obra poderá ser utilizada indevidamente, sem estar de acordo com a Lei nº 9.610/98. Se incorreções forem encontradas, serão de exclusiva responsabilidade de seus organizadores. Foi realizado o Depósito Legal na Fundação Biblioteca Nacional, de acordo com as Leis nos 10.994, de 14/12/2004, e 12.192, de 14/01/2010.

Catalogação na Fonte
Elaborado por: Josefina A. S. Guedes
Bibliotecária CRB 9/870

T717c
2025
	Tota, Martinho
	    Cartas de chegada / Martinho Tota. – 1. ed. – Curitiba: Appris, 2025.
	    137 p. ; 21 cm.
	
	    Inclui bibliografia.
	    ISBN 978-65-250-7871-7
	
	    1. Cartas brasileiras. 2. Viagens. 3. Trânsito. 4. Devir (Filosofia).
	I. Título.
	
	    CDD – B869.6

Editora e Livraria Appris Ltda.
Av. Manoel Ribas, 2265 – Mercês
Curitiba/PR – CEP: 80810-002
Tel. (41) 3156 - 4731
www.editoraappris.com.br

Printed in Brazil
Impresso no Brasil

Martinho Tota

Cartas de chegada

Curitiba, PR
2025

FICHA TÉCNICA

EDITORIAL	Augusto V. de A. Coelho
	Sara C. de Andrade Coelho
COMITÊ EDITORIAL	Ana El Achkar (Universo/RJ)
	Andréa Barbosa Gouveia (UFPR)
	Jacques de Lima Ferreira (UNOESC)
	Marília Andrade Torales Campos (UFPR)
	Patrícia L. Torres (PUCPR)
	Roberta Ecleide Kelly (NEPE)
	Toni Reis (UP)
CONSULTORES	Luiz Carlos Oliveira
	Maria Tereza R. Pahl
	Marli C. de Andrade
SUPERVISORA EDITORIAL	Renata C. Lopes
PRODUÇÃO EDITORIAL	Bruna Holmen
REVISÃO	Débora Sauaf
DIAGRAMAÇÃO	Amélia Lopes
CAPA	Lívia Weyl
REVISÃO DE PROVA	Alice Ramos

Prefácio

Diz o autor da quarta capa de *Memórias do subsolo*, publicado no Brasil pela Editora 34, que, quando Nietzsche leu a obra, "escreveu a um amigo: 'A voz do sangue (como denominá-lo de outro modo?) fez-se ouvir de imediato e minha alegria não teve limites'".[1] Ao ler *Cartas de chegada*, de Martinho Tota, ouço também a tal *voz de sangue* de que falou Nietzsche. Mas aqui ela não é dirigida a alguém como o *Monsieur Zvierkóv*, o oficial russo que incomoda o narrador porque reúne todas as qualidades que os outros não têm. Não há nesta voz a blasfêmia contra os vivos desde um *fora*, um mais abaixo, um subsolo que alegra ao narrador estar. Sim, o personagem de *Cartas de chegada* deixa-nos ouvir uma voz de sangue, mas este é um sangue já talhado, coagulado. Neste trabalho escutamos a voz do sangue derramado pela separação.

As sessenta cartas que compõem o livro, ora dirigidas a si mesmo, ora ao outro abandonado, figuram a um só tempo como uma escavação entre os cacos produzidos por uma ruptura amorosa e uma exposição muito íntima da carne dilacerada. Depois de se expulsar de um relacionamento, o narrador, em atos frequentemente autoderrogatórios, pois "sujo, descabelado, fedendo", vive com um misto de pesar e júbilo da vida após a partida. As palavras que escolhe para narrar a vida desde o rompimento aludem ao afogamento, à queda em um precipício, à entrega inteira aos sentidos.

[1] DOSTOIÉVSKI, Fiodor. *Memórias do subsolo*. São Paulo: Editora 34, 2000.

De si o narrador sente pena, também chora, delira, alucina. Ora reclama da "coisa ausente" e se sente apodrecido, um vivo entre fantasmagorias; ora afirma a decisão da partida. O livro é, portanto, a um só tempo uma afirmação da vida, do desejo de "não aterrissar nunca em nenhum solo firme" e uma elaboração sobre o abandono. Nesta prosa de alta voltagem poética, acompanhamos o narrador em dias em que acorda em pânico, temendo ser comido por um bicho. Em outros, recebe morangos silvestres de presente, se funde com outras pessoas e acumula excessos que, pelo menos por algumas cartas, o arrebatam e o fazem esquecer o que Drummond chamou de "sem sentido apelo do Não".[2]

Uma vez jogado nesta situação, o narrador só pode falar de si empilhando adjetivos: "velhusco, atabalhoado, *gauche*, faminto, feio, órfão, indolente". E, nesses atos, em que se perspectiva como um ser degradado, merecedor de todas estas não qualidades, resolve, por vezes, também dizer palavras malcriadas ao antigo amante preterido. Diz-se livre, incita-o a se libertar também, quer-se agora liberado.

Mas com isso, evidentemente, não se satisfaz: delira sobre a vida do outro e quer que lhe preste as contas sobre a conduta atual. Também rememora o mundo juntos, ressentindo a ruptura que, paradoxalmente, disparou a produção das epístolas que a/o leitora/or tem nas mãos.

Há neste livro uma elaboração sobre a perda das palavras. É que o narrador se queixa da pobreza

---

[2] DRUMMOND DE ANDRADE, Carlos. Memória. *In:* DRUMMOND DE ANDRADE, Carlos. *Claro enigma.* São Paulo: Record, 1951.

da linguagem e quer para si um outro alfabeto, até "um outro idioma". É como se a língua vernacular não fosse suficiente para conter a ambivalência em que vive após a separação. Faz, pois, como Nicanor Parra, que queria ser como os Fenícios, e inventar a própria linguagem.[3]

Mas, para o narrador, as palavras são, agora, artefatos perigosos. Escreve, escreve, escreve. Expõe-se todo. Deleita-se em exibir a intimidade, a descrever desde o seu quarto, a sua "arca de chumbo", a nova vida. Mas, se o faz, se machuca, pois "cada palavra revirada transforma-se numa lança". As palavras são, então, uma espécie de armadilha que não se pode desarmar. É com elas que se narra a perda e se acena ao outro, ainda que se sinta "oco", que se queira interromper o seu fluxo. Perpétuo luto, *pax* nenhuma.

Em um exemplo do trabalho do enlutado, Freud alude ao fato de que, em casos de desarranjos amorosos ou de morte "o objeto amado não mais existe, e então exige que toda libido seja retirada de suas conexões com esse objeto" (Freud, 1946 (2010), p. 173)[4]. E continua, "o ser humano não gosta de abandonar uma posição libidinal (…). Essa oposição pode ser tão intensa que se produz um afastamento da realidade e um apego ao objeto mediante uma psicose de desejo alucinatória" (p. 173).

É por isso que o narrador se apega às palavras ditas pelo antigo amante. Lembra-se que este o

---

[3] No original: "Como os Fenícios, pretendo formar o meu próprio alfabeto". PARRA, Nicanor. Advertência ao leitor. In: PARRA, Nicanor. *Só para maiores de cem anos*. São Paulo: Editora 34, 2018.

[4] FREUD, Sigmund. Luto e melancolia. In: FREUD, Sigmund. *Introdução ao narcisismo*: ensaios de metapsicologia e outros textos. São Paulo: Companhia das Letras, 2010. (Obras completas de Sigmund Freud, v. 12).

chamava de anjo, mas não descansa no conforto da boa memória, pois a palavra fora dita com "sarcasmo, veneno, deboche" e precisa, agora, atingir o emissor. Fica-se neste estado de agonia que sobreveio à perda: as noites, ele nos diz, são insones, "madrugadas-zumbi" e, neste estado, quem escreve as cartas inflige a si, novamente, os piores adjetivos. A solidão o apodrece, ele não suporta a culpa e sonha com a reconciliação.

Ao mesmo tempo, repete para si e para a/o leitora/or: perdi; perdi; perdi. Diz "Metade de mim sofre. A outra não". Tenta, pois, encontrar prazer em outros amores, identifica-se com aqueles que apenas passam pelos outros, que habitam a noite, e sonha o tempo inteiro com a morte do amante. Fala em funeral, sepultamento e chega, na carta XXXIV, a cegar-se, a perder o corpo. Afirma a negação de si, pergunta-se se ainda está vivo: "Jamais houve, em nenhum período da história, algo que mereça ser chamado de "EU". Se não nega a si mesmo um corpo, precisa reduzi-lo às menores partículas, "sou um átomo", ou identificar-se com um "parasita, uma bactéria, um verme".

Mas a ruptura que joga o narrador na Melancolia, no "abatimento doloroso" de que nos falou Freud, não parece ter sido o único ato de ímpeto de quem escreve as cartas. Ele se queixa: "De novo"; "preciso voltar a partir de novo", como se estivesse capturado em um ciclo, como se a experiência de vida a descoberto, na qual está agora, fosse sempre renovada por rupturas. Essas engendram uma árvore genealógica de um só: "Sou avó, avô, pai e mãe, filho, irmão, neto, o bisneto". Os laços duradouros fenecem, o narrador renova as partidas, mas obviamente não se conforta no luto, este estado perpétuo em que está. Nele resta em simulacro, vê-se, portanto, em um "palco, tablado, estúdio, set de filmagem". Neste palco simula-se uma vida, mas o que há é o estado presente da ruptura perpétua. Ele repete: "Estou sempre nunca sendo, estou sempre nunca sendo, estou sempre nunca sendo".

O narrador agoniza na tentativa de esquecer, tenta seguir adiante, "mas só encontr(a) pedras", e ao fim e ao cabo, quer, ele mesmo, tornar-se uma delas, fundir-se ao "intestino das coisas", como se a anulação propiciada pelas palavras, pelo rebaixamento de si aos vermes não fosse suficiente. Daí é que florescem no texto as metáforas do "galão de átomos", da "gasolina", do "querosene". Quer-se, portanto, combustível consumível, energia que desaparece. Mas essas imagens não duram muito e o narrador logo nos restitui ao mundo a comparação com entidades com algum contorno: "a peste, a praga, a ferida aberta, a chaga, a rachadura, a falha".

Há aqui, sem dúvida alguma, um ímpeto de autodefinição propiciado pela perda. É por isso que ele vai à infância, "aquele menino era eu, meu deus", tentando ancorar em algum lugar o que restou de si. Pois o que vê em toda parte é um "não ser". Neste processo de autodefinição, o narrador por vezes descreve a própria natureza das cartas. Elas são mesmo "escavações sem fim" de alguém que vê a vida como "sobrevida". Um estudo de si mesmo, vendo-se como um estranho.

Nas cartas finais, nosso narrador divide conosco alguma esperança por "um dia (...) no qual não haverá mais espaço para separações, despedidas, divisões", um dia em que tenha se livrado das "cinzas do passado" e que possa descansar entre "bandidos, vagabundos, bêbados (...) ladrões, guerreiros, guerrilheiros, cangaceiros, contrabandistas". Mas, mesmo aí, não há espaço para o esquecimento. O amante reaparece: "sê vagabundo também", ele pede, pois aí poderiam, de novo, reparar-se e o narrador poderia, por fim, livrar-se da penitência do abandono. Mas esse sonho é logo interrompido, ele nos diz: "Não posso retroceder", agoniza em uma indecisão, em uma impossibilidade, pois mesmo que reunido novamente com o perdido, nosso narrador não permaneceria por aí muito tempo, pois tem, ele nos diz, "uma tendência atávica a (se) desviar".

Este livro é um testemunho do vigor e da qualidade da prosa contemporânea brasileira. Para elaborar um personagem tão complexo e, principalmente, para sustentar, ao longo das sessenta cartas, a construção e a destruição de si, a euforia e a miséria, o delírio de um homem partido pela perda e a tímida esperança de redenção pela carne, é preciso ao escritor reunir muitas qualidades. Todas elas não faltam a Martinho Tota, autor desta e de outras excelentes obras.

Fortaleza, 17/02/2025

Rafael Antunes

Antropólogo e escritor. Professor da Universidade da Integração Internacional da Lusofonia Afro-Brasileira (Unilab/CE) e autor do livro de contos Tartamudo (7Letras, 2018).

Referências

DOSTOIÉVSKI, Fiodor. *Memórias do subsolo*. São Paulo: Editora 34, 2000.

DRUMMOND DE ANDRADE, Carlos. Memória. *In:* DRUMMOND DE ANDRADE, Carlos. *Claro enigma*. São Paulo: Record, 1951.

FREUD, Sigmund. Luto e melancolia. *In:* FREUD, Sigmund. *Introdução ao narcisismo*: ensaios de metapsicologia e outros textos. São Paulo: Companhia das Letras, 2010. (Obras completas de Sigmund Freud, v. 12).

PARRA, Nicanor. Advertência ao leitor. *In:* PARRA, Nicanor. *Só para maiores de cem anos*. São Paulo: Editora 34, 2018.

Sumário

NOTA DO AUTOR 15
I 17
II 19
III 21
IV 23
V 25
VI 27
VII 29
VIII 31
IX 33
X 35
XI 37
XII 39
XIII 41
XIV 43
XV 45
XVI 47
XVII 49
XVIII 51
XIX 53
XX 55
XXI 57
XXII 59
XXIII 61
XXIV 63
XXV 65
XXVI 67
XXVII 69
XXVIII 71
XXIX 73
XXX 75

XXXI	77
XXXII	79
XXXIII	81
XXXIV	83
XXXV	85
XXXVI	87
XXXVII	89
XXXVIII	91
XXXIX	93
XL	95
XLI	97
XLII	99
XLIII	101
XLIV	103
XLV	105
XLVI	107
XLVII	109
XLVIII	111
XLIX	113
L	115
LI	117
LII	119
LIII	121
LIV	123
LV	125
LVI	127
LVII	129
LVIII	131
LIX	133
LX	135
LXI	137

Nota do autor

Os textos que compõem este livro foram escritos ao longo de cinco anos. O primeiro texto, a primeira carta, foi escrita em novembro de 2003. A última, em outubro de 2007. Foram todas escritas à mão; algumas nas folhas de um caderno, outras em folhas soltas. Às vezes escrevia duas, três num mesmo dia. Às vezes escrevia apenas uma. Entre uma e outra, às vezes o intervalo chegava aos meses. Daí a demora para concluí-lo. A esse conjunto de cartas, dei desde o início esse título: *Cartas de chegada*, um conjunto de 60 cartas. Também tinha esse número em mente desde o início. O porquê desse número nem eu mesmo sei. Depois de escrita a sexagésima carta, tratei de reuni-las, digitá-las e guardá-las em uma pasta. Não na pasta em uma gaveta, mas de um computador. Lá depositei o "manuscrito" digitado, o "original" digital. As cartas eram textos curtos, concebidos como poemas em prosa. Essa também era outra ideia que eu tinha em mente. Eu não queria trair a poesia, embora a tenha tratado mal, muito mal. Em 2022, resolvi abrir a pasta, o arquivo e, ao reler estes "poemas em prosa", terminei por reescrevê-los. Reescrevi e reescrevi de novo, entre outubro e dezembro daquele ano. Mantive o título do livro e o número de cartas. Quanto ao conteúdo e ao seu tamanho, mudaram completamente. O resultado foi um outro livro, algo muito diferente e distante do que fora concebido anos antes. Esse outro livro foi igualmente guardado em uma pasta de computador e lá ficou hibernando por mais dois anos. Finalmente, em 2024, voltei a revisá-lo e a nele fazer algumas alterações, dessa vez menos radicais. O trabalho só veio a ser concluído em 2025. Agora resolvi publicá-lo, para o bem ou para o mal de quem vier a lê-lo. Se eu não o fizesse, certamente continuaria dando sequência à brincadeira de abandonar para depois resgatar e reescrever. Talvez o livro tenha ficado mais próximo da prosa do que da poesia. Mas prefiro fechar os olhos, tapar os ouvidos e pensá-lo como uma obra poética. Gostaria que o vissem assim. Pais e mães costumam dizer que para eles/as os/as filhos/as, mesmo quando se tornam adultos/as, permanecem sendo vistos/as como crianças, não crescem, não amadurecem nunca. É assim que vejo este livro. O vejo como um pai que resiste em aceitar que o filho envelheceu. Apesar de ter mudado muito, por minha causa (ou por minha "culpa", como diria um pai ou uma mãe) – até porque eu também mudei –, quero enxergá-lo como a criança que ele foi um dia. Não sei se alguém chegará a lê-lo. Espero que sim. E se o fizer, espero que goste. Como um filho, me deu muito trabalho. Mas gostei de escrevê-lo. Agora chegou a hora de entregar esse filho ao mundo. Que ele seja feliz em sua jornada. E, se e quando ele achar por bem regressar, as portas estarão sempre abertas. Se ele vier, se ele voltar, se ele chegar, que chegue em segurança e em paz. O mais importante é que ele chegue, depois de cumprida sua missão, a sua jornada.

Fortaleza, 12 de janeiro de 2025.

Martinho Tota

I

Decidi. Não tem volta. Estou partindo, indo embora. Vou te deixar. Vou, já fui! Como sempre, como nunca, como nunca antes ou depois. Despacho, decreto, sentença. Ponto sem retorno. Não tem mais volta, é irremediável. Estou certo, seguro, determinado. Sinto-me assim. Sim, desta vez sim. Talvez pela primeira vez. Talvez pela primeira e última vez na vida. Mas uma única vez, uma vez só já basta. Sinto que está na hora, que chegou o momento. É necessário ir, é imperativo e urgente. Só isso, simples assim. Podes jogar os cigarros que tanto detestas na privada. Podes rasgar as fotos em que aparecemos juntos, as cartas entre nós trocadas; todas as provas, todos os vestígios da "nossa" história, da história do "nosso amor". Ou será que preferes conservá-las como lembrança, arquivá-las, mantê-las como precioso acervo, como um bem guardado tesouro num museu ou em um mausoléu? Seria preferível que queimasses tudo; que riscasses, borrasses todas as promessas e juras de "amor" onde quer que as encontre. Todas as palavras "amor" que escrevi ou que proferi para ti. Que tal repintar as paredes do quarto, da casa inteira? Melhor: mude de casa, mude! Abra-se, grite, liberte-se, goze! Queria que soubesses que fiz a minha escolha, ainda que ninguém me tenha dado o direito de escolher; que não tive tempo ou oportunidade de me tornar outra pessoa, um verdadeiro amigo, um bom amante. Questão de tempo, oportunidade ou disposição? Se fui egoísta, que não me tenhas ódio.

E se um dia o que tiveres de mim for somente as cinzas e nenhuma semente, não te aflijas, não me culpes, tampouco te apiedes de mim. Antes lançai meus restos ao vento, para que se dispersem, cumprindo assim o destino das cinzas, da poeira, do pó: o destino de voar, voar, leve flutuar, evolar-se, dispersar-se até desaparecer, até sumir completamente. Pode ser de madrugada, no começo do amanhecer ou pouco antes de o sol se pôr. Pode ser também no meio de uma noite enluarada. A decisão é tua. Agora me despeço. A estrada é longa e íngreme, mas sei que minhas pernas aguentam, afinal, nasci para caminhar. Não te esquecerei, não posso. Ao menos enquanto durar a minha jornada. Exitosa, malograda; sem propósito, justificada? Quem haverá de saber? Preciso partir, existir, porém. Por enquanto. Não posso dizer que não te amei, embora me seja forçoso admitir que sou um filho bastardo, um rebento espúrio do amor. É assim que me vejo, é desse jeito que me sinto agora.

II

Tarde da noite. Estação superlotada. Multidão, rebanho, manada. Carruagens, carroças, charretes, ônibus, trens. Bois, cavalos, cães, gatos, pombos, ratos, baratas. Cheguei. Estou aqui. Vou ficar por enquanto. Enquanto? Enquanto o que? Enquanto for, enquanto durar, enquanto fluir o movimento, o fluxo, a energia, a vontade, a força. Força? Tem custado tanto esforço. Também tem custado tempo e suor e músculos e ossos e cansaço e resiliência e vida. Tem custado minha bunda, inclusive. Ando, caminho, passo por ali, por acolá, transito, trafego, perambulo. Trôpego, peço, mendigo, me agacho, me humilho. Às vezes cochilo, acordo sempre. Débil, zonzo. Às vezes penso em ti, mesmo quando tenho fome. Penso em ti, sobretudo quando estou faminto. E quase sempre estou faminto. Estou com fome, tenho sede. Estou sujo, descabelado, fedendo, com frio. Envelhecido, apodrecido. O bom nisso tudo é que tenho cruzado com muita gente, pessoas de todo tipo, de toda espécie, de toda estirpe: vendedores, vagabundos, pedintes, músicos, bêbados, prostitutas, crianças órfãs, traficantes, ladrões (alguns assassinos, latrocidas também?), damas, cavalheiros, transeuntes, viandantes sem identidade e sem rumo, em suma, com uma ruma de gente, numeroso contingente de zumbis, pobres-diabos, anônimos, autômatos, ausentes, fantasmas fugazes e distantes que, assim como eu, povoam provisoriamente a estação. Ah, admirável fauna humana! Estou com dor de cabeça, minhas pernas doem, sinto dor no estômago, dor de dente. Meu corpo é todo dor. Apesar disso não penso em desistir. Enganou-se quem me tomou por fraco. Não sou fraco. Não sou fraco nem covarde. Não sou um perdedor, ok? Sinto o peso de seis elefantes sobre minhas costas e poderia suportar mais, muito mais. Sim, poderia. Eu posso. Não pense que não sinto saudades, pois eu sinto. Mas não estou arrependido. Para ser sincero, prefiro não pensar muito sobre isso, porque não quero sofrer, não quero doer; porque não quero sentir nada: fome, sede, frio, muito menos saudades. Por agora não. No momento o que eu mais quero é não querer, não sentir. Ocorre que eu sinto. Porém não quero pensar sobre isso. Não quero pensar. Não quero sentir. Não quero? Quero. Não. Por enquanto, não.

III

Ontem, aqui, no lugarejo onde ora me encontro, caiu, desabou uma chuva torrencial. Tremi, de frio e de pavor. Tremi. Parecia o segundo grande dilúvio. As moradias simples, verdadeiros casebres; as duas ou três bodegas, a capela minúscula a se passar por igreja; a única escola do povoado, o campo improvisado de futebol, tudo foi inundado. O mais incrível de tudo, porém... não vais acreditar. Avistei, em meio à enchente, imersas nas águas turvas de um rio, o quê? Sereias. Sereias, sim. E não, as sereias com quem me deparei em nada lembravam as mulheres-peixe dos filmes, dos desenhos animados, das estórias que líamos ou que nos contavam, das fantasias que povoavam a imaginação que fez de nossa infância algo tão lúdico. Não que não fossem formosas, sedutoras, belas. Eram deveras airosas, lindas, as sereias que eu vi. Isso elas eram. Contudo, contrariamente às minhas expectativas, em momento algum ouvi o seu cantar. Quer dizer, elas não cantaram para mim. Por quê? Será que, do canto onde eu me achava, não me viram, não me acharam, não notaram a minha presença? Ou seria o silêncio uma forma especialíssima do cantar? Sendo assim, aquela aparente indiferença poderia ser lida como um disfarçado gesto de coqueteria. Na dúvida, decidi seguir (hipnotizado, seduzido?) em direção às sereias. E, silenciosamente, a exemplo delas, mergulhei nas águas túrbidas, profundas, escuras como a noite. Precipitei-me, fui longe demais. Comecei a me afogar, a me debater, a me desesperar. O ar principiava a faltar... Felizmente despertei. Doce alívio. Acordei, assustado, ofegante, de fato encharcado, porém de suor. Onde estavam as sereias, qual enchente? Levantei do banco da praça sobre o qual até então dormia e saí caminhando, apressado, quase correndo, ao encontro de um riacho que ficava não muito longe do centro do aldeamento no qual fiz parada. Após banhar-me naquele estreito córrego, debrucei-me sobre uma grama muito verde e rala. Queria deixar meu corpo secar, descansar. Queria me refrescar, simplesmente respirar debaixo de um luar cheio, redondo, vistoso, mais bonito do que poderia querer qualquer sonhador, qualquer argonauta. Luar azul, blue, blue... "*crown and anchor me, or let me sail away*"... Meu amor, desejo a ti um belo luar azul, tão bonito quanto o luar que me acompanhou nessa estranha noite de sonho. Que tenhas uma bela lua como a que me fez companhia. Que tenhas uma lua cheia toda noite, e um lindo sol todo dia.

IV

Hoje acordei com uma vontade, com uma necessidade premente apertando meu peito, me sufocando, me constringindo a garganta, de confessar, de revelar algo que talvez eu nunca tenha contado a ti. Tudo o que aprendi, tudo aquilo que sei e o que não sei, me foi ensinado por bruxas, feiticeiras, cartomantes, rezadeiras, quiromantes, curandeiros, médiuns, xamãs, adivinhos, mães e pais de santo, caboclos, sábios, encantados, espíritos, além de indefinidas entidades cujas identidades seguem constituindo para mim um mistério insolúvel. Tive a honra, o privilégio de aprender e mesmo privar com mestras e mestres como Crowley, Pappenheimer, Leary, Tibuca, Blavatsky, Cipriano, Bateman, Dom Juan, Renard, Castañeda, Bonanno... Participei de trabalhos, rituais, festins, sabás; experimentei peiote, tomei chás; provei ópio, sálvia, jurema, trombeta, iboga, yagé. Fui um usuário contumaz da erva do diabo, um viciado nos venenos divinos, devorador compulsivo do alimento dos deuses. Aprendi passes mágicos, tive o corpo e a alma marcados com tatuagens e um sem-número de insígnias místicas, filosóficas, esotéricas, cabalísticas de poder. Fiz viagens astrais, estive em Salem, na Sibéria, em Zugarramurdi, na Amazônia, na Indonésia, na Albânia, na África fantasma, em outros mundos, outros planetas, outras dimensões. Estive na companhia de dogons, baniwas, esquimós, machiguengas, tungues, ostyaks, tártaros, ETs... Fui iniciado na linguagem dos totens, das plantas, dos bichos, dos números, das montanhas mágicas, da Árvore do Mundo e, por conseguinte, tornei-me hábil, proficiente na arte de comunicar-me com todos os seres, com as criaturas que habitam o universo. Aprendi muito, aprendi tanto. E continuo aprendendo, com a morte, com a vida, com os labores e os dias. Só não aprendi ainda a decifrar o enigma, o problema, o segredo, a charada que é o amor. Tenho a impressão de que até o presente momento lograi dele encontrar nada além de armadilhas e pistas falsas. Por isso hoje acordei com pena, com raiva e muita pena de mim, de ti, de nós. De nós, perdidos num abismo, num oceano de solidão, de abandono, de orfandade. Ainda não achei um antídoto, um truque, uma poção mágica, um feitiço, uma mandinga, uma reza realmente eficaz na resolução desse tema, no preenchimento desse vazio, na dissolução dessa ausência, da falta que nos constitui. Hoje estou com pena de mim, com pena de nós e com vontade de chorar.

V

Final de tarde, comecinho da noite de ontem.
Caminhando distraído me desequilibrei, caí no
fosso de um delírio. Bati a cabeça, desmaiei,
torci o tornozelo. Uma aquarela de anjos então
me socorreu, ungindo minha perna ferida com o
refrescante líquido extraído de curativas ervas;
alimentando-me com raízes que, além de mata-
rem minha fome, aplacaram com sua seiva a minha
sede. Logo após essa verdadeira operação de res-
gate, acreditei haver me restabelecido, recobrado
a consciência. Senti os meus sentidos ativados,
lúcidos, tão vivos que, de repente, me dei conta
de que estava próximo a uma torre, belíssima e
cristalina torre de um azul singular, não sei
se turquesa, persa ou anil. Para meu espanto,
porém, percebi que a visão daquela torre nada
mais era do que o prelúdio do meu ingresso nos
labirínticos corredores de um outro delírio, de
um devaneio acerca da diversidade dos pigmentos.
Verdadeira experiência, viagem alucinatória da
qual não me recuperei completamente, de modo que
ainda estou a me indagar: por que certas cores
resistem, brilham, fascinam, encantam mais do que
outras? Por que algumas insistem em querer ser
os "reis" ou as "rainhas" de todas elas? Quem é
mais belo, importante, popular: o verde ou o azul,
o cinza ou o marrom, o róseo ou o amarelo? Ouvi
dizer até que a maioria guarda um profundo des-
prezo pelo branco e uma mal disfarçada inveja do
preto. Que tolice a delas, não crês? Bom, voltando
ao meu tornozelo: embora levemente inchado e um

pouco avermelhado, está quase bom, praticamente sarado. Agora há pouco o observava, prestando atenção na pele, na cor; pensando sobre a carne intumescida, túrgida; na carne, no músculo, no sangue, na cor do sangue, em sua consistência, em sua textura; na textura da matéria orgânica; na biologia, no animal, na animalidade do homem, no bicho em mim. E assim, levado pelas vibrações do pensamento, me vi imerso numa meditação sobre o desejo, sobre sua cor e sua ausência. Vem cá, o desejo tem cor? Qual cor haveria de ser? Seria uma só ou muitas, todas as cores? E a falta dele, o seu vazio, o buraco deixado, tem cor? Ultimamente tenho andado sem desejo, sem vontade. Será que estou mudando, me transformando rápido demais, perdendo o humano em mim? Queria poder dizer que não me importo com isso, que nada disso me faz falta. Porém sinto falta, sinto a presença da Falta, sinto a existência da Coisa Ausente.

VI

Tem feito frio nos últimos dias, muito frio. Meu Deus, como o frio congela, resseca, queima, fere. Não sabia que o frio é capaz de abrir fendas na pele. Tenho observado curioso, aterrado, estarrecido a geografia do meu corpo, da minha epiderme, investigando cada detalhe de sua paisagem, de seu relevo constituído de planícies, planaltos, montanhas, serras; sulcos, estrias, rugas, poros, pelos, cortes, caatingas, vegetação árida, agreste; manchas, marcas, cicatrizes, rubros sinais, lagos de sangue; estradas, canais, vasos, veias, vias umedecidas pela brisa, pela neblina do suor, por chuvas de lágrimas, pelos vendavais, por ventanias, pelos serenos do sêmen. O frio me ataca, me aflige, desafiando minhas forças, minha tenacidade, minha capacidade de resistir, minha vontade, meu instinto de sobrevivência, pondo à prova o potencial que imagino ter, possuir, não apenas de me manter, mas de me superar, de me transmutar, de subverter. Sinto-me às vezes como uma estátua senciente, uma múmia vivente, um daqueles cadáveres petrificados de Pompeia. Acontece que no espaço vazio ainda sopra vida, e no lugar do Vesúvio o que cai não são lava, pedras, cinzas, é quase neve. Em momentos como este vacilo, titubeio, chego até a duvidar de minha sensatez quando tomei a decisão de partir, de ir embora. Era isso mesmo o que eu queria? Não era? Era, não era, é, não é? A dúvida traz consigo a angústia, o que não ajuda, apenas intensifica o sofrimento causado pelo frio. Retomo então a exploração da paisagem do meu corpo, divisando vastas extensões prateadas; estudando, pesquisando, perquirindo, procurando prever abalos sísmicos e outros eventos climáticos como o flagelo nas pontas dos dedos e o sabor gasoso da sede a desertificar minha língua. Em momentos como este tenho vontade de falar, gritar, jurar, prometer. Prometer, por exemplo que, caso sobreviva, jamais haverei de querer outra coisa senão o aconchego dos teus braços; que jamais te deixarei de novo, que nunca te abandonarei à solidão. No entanto sei de antemão que qualquer coisa que eu viesse a te prometer seria a promessa dos mentirosos, dos traidores, dos desertores. Por isso, meu amor, o que posso prometer-te agora é não te prometer nada, "nada além, nada além de uma ilusão"...

VII

Desconheço o nome do lugar onde me encontro agora. Ninguém me falou, ninguém me disse. Por isso só posso te dizer que aqui o clima é ameno e que tem feito um tempo bom, embora as manhãs cheguem invariavelmente acompanhadas por uma cerração que parece mesmo fazer parte do patrimônio local. Tenho observado com bastante interesse, com muita atenção a luz que emana das manhãs, das tardes; a velocidade, a direção e a temperatura dos ventos; a impressionante tenacidade que a névoa demonstra ter para se manter presente, para se fazer notar. Na realidade, sou tentado a ir mais longe e dizer que essa bruma parece possuir vida e vontade próprias. Sim, porque, caso eu não esteja enlouquecendo, sinto que ela me segue a cada passo que dou, que ela me persegue com alguma intenção. Mas qual haveria de ser? Raiva, lascívia, desconfiança, ou fraternal afeição? A neblina, tão suave e fina, tão sinuosa e serpentina, envolve-me o corpo, embebe meus cabelos e pelos, acaricia meu rosto, convida-me para dançar, me toca, me golpeia, exigindo de mim uma força que não possuo; suplica-me para que o desejo em mim oculto novamente eleve-
-se robusto, altivo, ereto, imponente. Vês? Tenho todos os motivos para acreditar que a névoa não só está animada pelo princípio vital da vida, mas que ela me desafia, me propõe um duelo, procura a todo custo me seduzir, enamorar-me. Admito que às vezes penso estar de fato enamorado, mas confesso que também tenho medo. A bem da verdade

não é exatamente medo, mas alguma outra coisa para a qual não encontro um termo melhor. Sinto, no entanto, algo que só posso chamar de medo. De quê? De me entregar à nébula, de me fundir a ela tornando-me parte da paisagem de um lugar cujo nome sequer conheço? De pertencer, de fincar raízes, de permanecer? Medo? Medo de quê? De estar, de ficar, de permanecer, de ser? Ou, ao contrário, medo de não encontrar outro abrigo, medo de me perder de vez, medo de nunca mais ser, medo de não ser?

VIII

Deparei hoje, tarde plena – agora já é noite –,
com uma enorme figueira, tão grande que me foi
impossível não a distinguir ali naquele bosque,
em meio a outras árvores, à beira da estrada. Eu
estava exausto, com fome, sede, o sol a pino, fazia
calor. Mesmo cansado, alquebrado, encontrei forças para caminhar em direção à mata, para ir
ao encontro da figueira. Ao alcançá-la, a abra-
cei, apertando-a com firmeza; a empurrei, tentei
sacudi-la e a ela roguei, movido pelo desespero
da sede, da fome e do abatimento. Recebi em troca
o que a ela pedi. E foi assim que devorei três,
quatro, cinco, seis, muitos figos frescos, doces,
graúdos e intumescidos. Fartei-me com aqueles
frutos saborosos e soberanos. Creio não exage-
rar se disser que me senti verdadeiramente aben-
çoado (não, não me tornei religioso), pois encontrei também, não muito distante da figueira, um
rio de águas doces, quase tão doces quanto figos
maduros e suculentos, pão multiplicado com o qual
me saciei. Bebi da água do rio e nele me banhei.
Ah, se me tomares por hiperbólico, aceitarei de
bom grado a alcunha, mas só posso expressar-
-me dizendo que ali eu era um leproso curado, um
cego que acabara de recuperar a visão, ridente
e enfartado, sem nenhuma outra vontade, liberado do peso da carência, da ausência, livre de
qualquer anseio capaz de aviltar o sentimento de
júbilo que eu então experimentava. Estou feliz
no momento, estou feliz como nunca. Agora descanso. A fogueira que me aquece e me faz compa-

nhia sinaliza que adormecerá em breve. Amanhã devo despertar cedo para seguir. Para onde? Para os Alpes, os Andes; para o Himalaia, os Pireneus; rumo à Judeia, a Meca, talvez. Amanhã saberei. Agora tratarei de dormir junto ao fogo que está quase se extinguindo...

IX

Caminhando desde a manhã de ontem. Manhã de ontem ou de antes? De antes... de ontem... Praticamente sem repouso, sem descanso. Hoje eu, personagem de outrora, pessoa dantes, fui dar num mundo fabuloso: cenário, palco, ópera, teatro no qual me achei: centro, núcleo, meio de onde pude avistar um vasto, o maior e mais bonito quadro, único, horizonte inédito, singular; paisagem até então jamais vista antes do antes do ontem. Foi hoje. Do alto de uma montanha, no topo do céu, quase podendo alcançar com os dedos das mãos as penas dos pássaros e as bordas das nuvens, fui abraçado, tomado pela fantasia, pelo fantástico do sonho. Sonho de um sol, enorme astro rei, estrela rainha douro, alaranjada, quase rubra, vermelha; quase nódoa de fogo e sangue a baixar, a descer devagarzinho, baixando, descendo, deitando lentamente, serenamente acomodando-se sobre a superfície do mar, dourada pulseira cravejada de rutilantes pedras aquáticas, cristais de suor e de sal, queimadas de luz e sol. Sol mergulhado, salto ornamental, flexível estátua plástica, jovem corpo belo a girar, girar, bailando no ar; corpo esbelto de sol a descer, cair, deitando, entrando, entrando fundo, se fundindo, se confundindo, imiscuindo-se na água. Gozo. Musculoso sol desnudo, seminu. Sol, sal, nuvens, pássaros, céu azul, luz, mar, o vento, o horizonte, as cores, o momento, o movimento, eu, todos nós ali, aqui, hoje, agora, já, uma vez, uma única vez, apenas uma vez na vida, no instante exato, único, fugidio, veloz, absoluto. Como um suspiro, um sopro cálido e lento, um bafejo, uma pluma, uma leve pena perfumada com alfazema: o sossego, a doçura, o aroma da brandura tomou conta de mim. Foi então que senti o pousar de mãos em meus ombros. Eram a saudade e a enorme ternura trazendo consigo até mim a lembrança de Platero, *todo de algodón*. Senti de repente, de súbito, o golpe fulminante, a entrada da adaga a cortar, a rasgar longitudinalmente, transversalmente o meu corpo, de um extremo a um outro extremo. Era a beleza sendo em mim inoculada como dose, onda, feixe de êxtase, contentamento e nostalgia. Percebi então que viver pode ser bom, com sol, sal, céu, mar, nuvens, pássaros, com um horizonte bonito para ser visto, com as cores todas... E com saudades e uma ternura imensa me lembrei de Platero, aquele burrico *pequeño, peludo, suave; tan blando por fuera, que se diría todo de algodón...*

X

"Que fazes tu aqui, nobre estrangeiro, assim desse jeito, tão desamparado, tão a esmo, tão acabrunhado e sozinho? Que queres, que pretendes tu, forasteiro, a vagar por tais paragens, aparentemente aleatório, arbitrário, sem propósito, sem destino?". Perguntou-me ele, indagou a mim: pai, avô, amigo, irmão? O ancião, velho peregrino turco(?), mouro(?), nordestino(?), tártaro(?), bengali(?). Franzino, sisudo, duro, duro, alquebrado e sem dentes. Velho, velho, velho viandante caolho, cego; de aspecto severo, solitário e sereno. A face, o rosto, o olhar, os cabelos, as mãos delgadas e trêmulas, a pele enrugada, as veias, os sulcos, os vasos, tudo, tudo nele remetia a sol, a cactos, a desertos, a riachos secos, a paisagens áridas, a troncos de árvores milenares; relíquias, ruínas, pergaminhos, terras devastadas, tempos pretéritos, civilizações mortas. Que queres vagando por aqui, peregrino? O que queria ele? Não obtive resposta. Como o mestre dos magos ele se foi deixando-me falando só. Que queres tu, querido meu? Agora pergunto eu a ti. E quanto a mim, que quero? Não pergunto à toa, só por perguntar. Quero mesmo saber: que quero eu, verdadeiramente? Seguir, caminhar, prosseguir, continuar indo, indefinidamente indo, ininterruptamente, sempiternamente indo sem chegar, sem concluir, sem terminar nunca, jamais? Jamais aportar, não aterrissar nunca em nenhum solo firme, em nenhum país neutro, em nenhum planeta habitável? Que queres tu, que quero eu, o que queremos nós? Viver, existir, ser, estar, ir a parte alguma, a todo lugar; arrombar portas, construir estradas, abrir caminhos, erguer pontes, seguir sem rumo, sem propósito, sem destino, para nunca chegar, como aquele velho peregrino caolho, severo e sereno, seco como essa areia que encobre os meus terrosos pés; seco como eu, como tu; árido como nós; áspero como o coração que insiste em ser expelido pela boca? Quem sabe, talvez, *quizás, quizás, quizás...*

XI

Hoje fui despertado pelo pânico. Tão logo acordei, de manhãzinha cedo, saltei, assaltado pelo susto, ao perceber que, no entorno da área na qual passara a noite, havia no chão várias, diversas, talvez dezenas de marcas, extensas e profundas, sinais do que me pareceu ser pegadas de alguma criatura grande, enorme, imensa. Fiquei apavorado, ainda mais quando me dei conta de que era mínima a distância entre alguns daqueles rastos e o local onde dormi. Senti-me terrivelmente indefeso, vulnerável, desprotegido. Estremeci, me arrepiei, suei frio ao imaginar que, enquanto estive mergulhado na inconsciência do sono, eu poderia ter sido morto, trucidado, devorado... pelo quê? Por um tigre, um leão, um urso, um elefante, um rinoceronte, um lobisomem, o abominável homem das neves, o Pé-Grande? Passei um longo tempo caminhando de um lado para o outro, olhando assustado em todas as direções, no intuito de encontrar a fera(?), o bicho(?), algum vestígio da misteriosa e temida criatura. Porém nada achei além de formigas, abelhas, rãs e, ao longe, alguns pequenos pássaros aparentemente inofensivos. Aos poucos o temor foi se dissipando, cedendo espaço à calma e à sobriedade. Graças a isso achei por bem acreditar que o suposto animal(?) deveria ser muito provavelmente uma criatura dócil ou que no mínimo devia estar sem fome, por isso sequer notara a minha presença. Na verdade, desde que parti, por onde tenho andado, ainda não encontrei vivalma a demonstrar a intenção de perturbar a tranquilidade de um pobre homem que não deseja encontrar outra coisa senão um pouco de paz. Tenho experimentado a gentileza, a generosidade, a benevolência, a bondade do mundo, do universo; encontrado sossego e uma quantidade surpreendente de dadivosas quietudes. Até ouso dizer que estou vivendo a Idade do Regozijo.

XII

No final de uma certa manhã (de ontem, de anteontem, de uma outra época?) encontrei, nas cercanias de uma pequena e simpática aldeia, três meninas por demais formosas. Aqueles longos cabelos pretos, luminosos, extremamente lisos; aqueles olhinhos puxados, orientais; aquela pele trigueira, todo o conjunto me deu a impressão de que as três meninas eram indígenas de algum dos povos que se acham na região amazônica. Porém não estávamos no coração da Amazônia – pelo menos acredito que não. Inicialmente as três indiazinhas(?) pareceram ressabiadas com a minha aparição, mas a barreira que se interpôs entre nós logo se dissolveu, pois não tardou muito para que elas retribuíssem o sorriso que lhes dirigi. E mais, ofereceram-me morangos silvestres frescos que haviam acabado de colher. Não sei dizer por quê, mas fiquei meio sem jeito, um tanto embaraçado diante daquele gesto de candura e generosidade, de modo que muito pouco lhes falei além de um "muito obrigado" lacônico, contido, acanhado, e algumas perguntas vagas, com um mal disfarçado desinteresse acerca do povoado onde viviam e de seus habitantes. Tudo com um meio-sorriso canhestro. Não que eu não tenha gostado delas, longe disso. Ocorre que eu estava a um só tempo cansado e apreensivo quanto ao meu próximo paradeiro. Sobre aquelas adoráveis garotas, que sorriam tão encantadoramente até mesmo com os olhos e com cujo encontro foi tão agradável quanto breve, só posso dizer que foi bom conhecê-las e delas guardarei a mais terna e grata lembrança. Quanto aos morangos, deles guardarei na memória seu indelével sabor. Tanto que, pelas horas de caminhada que se seguiram, não me saiu da cabeça uma velha canção cuja letra aludia a *strawberry fields forever*...

XIII

Tenho andado silencioso, calado, pensativo, reflexivo, meditativo, diria eu. Sim, tem sido assim. Tanto que, nos últimos dias, tenho surpreendido a mim mesmo a observar – curioso, atento, com serenidade e vagar – cânions, cachoeiras, cascatas; precipícios, desfiladeiros; lagoas, rios; coisas, criaturas; a olhar, em suma, com um outro olhar, para tudo que me cerca, para aquilo que vejo, e a refletir a respeito do cair e das quedas, do substantivo e do verbo; da ação, do movimento; do elemento, do objeto. De modo que tenho percebido, por exemplo, o cair da tarde como um momento-limite, instante liminar; estado de transe, trânsito, transição; átimo, hiato, liame. Tenho me visto também possuído, tomado, tragado, consumido – com força, persistência, tenacidade – por sentimentos, sensações, arrebatamentos, tremores, vibrações, como se todo o meu ser, meu não-ser inteiro estivesse imerso, totalmente inserido, completamente dentro de um processo de dissolução, de diluição, de fragmentação; como se eu estivesse a ser pulverizado, abismado, compartimentado em gotas, pedaços, partes, átomos, moléculas, bocados, vasos, veias, veios cósmicos. Entretanto, ironicamente pareço guardar a aparência do íntegro, da inteireza, do incólume, do intacto, ainda que esfarrapado, mesmo que em frangalhos, conquanto resto. Não é verdade. Não, já que carrego em meu ventre anfíbio, andrógino, um sorvedouro, um fosso enorme e profundo que me encurrala e cerca a mim: ser inane, ente seco. Sei que mais tarde ou mais cedo haverei de cair. Sim, está não apenas no campo do possível, mas do extremamente provável. Trata-se de algo que não posso ignorar, absolutamente. Porque, acidental ou deliberadamente, corro o risco de arrebentar-me no porão desse rebojo. Seria um ato de loucura deixar-me tragar por um abisso que me persegue com tamanha obsessão, com desmesurado afinco? Não, meu amor. Não te apavores, não te aflijas, afinal, escolhas não existem. Ninguém jamais inventou uma real saída. Não, meu amor. Não há maneira alguma de nos safarmos. Tu e eu: moldados, definidos, destinados, fadados ao saboroso fardo da existência. Eis a decisão, o insofismável veredicto, a final sentença. O cair da tarde é um acontecimento, ponto de virada, divisor, morte, parto, partida, evento crítico. Quando a tarde cai, caio com ela, como ela. Converto-me em solidão, nostalgia e crepúsculo. Tem sido assim. Assim deve ser. Sim. E eu aceito.

XIV

Nem todo piso é plano, reto, firme, feito de pedra.
Nem todo solo é árido, arenoso, deserto. Nem todo
chão é sólido, enrugado ou liso. Nem todo espaço
é rochoso, rachado, cheio, preenchido, quente,
gelado ou frio. Nem todo palco, estúdio, cenário é
amplo, apertado ou vazio. Nem todo canto é ruído
ou silenciosa melodia. Nem todo campo é verde,
vasto, minado, hostil. Nem toda noite é clara ou
escura. Nem toda noite, nem todo dia. Amigo, amigo
meu, por onde ando, por onde tenho caminhado, até
aqui, a cada trecho percorrido, a cada passo dado,
a cada território atravessado, tenho deparado
com·terras férteis, com tempos amenos, paisagens
aprazíveis, temperadas com beleza, abundância e
harmonia. Em algumas regiões densamente povoa-
das encontrei verdadeiras multidões que me aco-
lheram, que me abraçaram e a quem em retribuição
devorei, tornando-me parte delas. Converti-me
então em uma espécie de multidão condensada, ato-
mizada, híbrida, cruzada, miscigenada. Agora de
algum modo pertenço a elas, a essas nações, pois
eis que fui chamado, convocado a unir-se às almas
que me concederam abrigo, que aplacaram minha
fome e minha sede, dando-me pão e vinho. Almas de
camponeses, pescadores, pastores. Almas de gente
nobre, simples, humilde; imensas em orgulho e
dignidade; meigas, delicadas, singelas. Algumas
delas rijas, é verdade, um tanto embrutecidas,
contudo de impressionante carnadura. Cada uma
forte e bela à sua maneira, em sua singularidade.
Na companhia de algumas delas não foram pou-

cas as vezes em que me senti inchado, empachado, quase prenhe, superpovoado, para depois secar, minguar, até quase sumir. Agonia com a qual exulto. A precariedade do meu corpo produz em mim uma sensação de prazer, de bem-estar estranho e atroz, quem sabe semelhante à morte. Sim, talvez a morte seja exatamente isso: experiência de um Êxtase absurdo, total, absoluto; uma bênção, uma dádiva cujo corolário não pode ser outra coisa senão a formação e a dissolução do movimento, da ação, dos ciclos, da afluência de coisas e seres que povoam o Universo, que *são* o Universo. Morte, ato derradeiro da comunhão, culminação do Êxtase. Assim estava determinado, previsto. Assim estava escrito e jamais escrito, desde o final até o princípio. Desde o que antecedeu à luz, à matéria, ao tempo, ao símbolo, ao mito, ao deus.

XV

Não há. Não há como fugir. Não há como escapar
ao peso, ao golpe, à força, à estocada, à explosão;
à eclosão súbita, abrupta; ao poder mágico; ao
gozo, ao jorro, ao orgasmo; ao efeito inebriante,
germinativo, fundante, quase mortal do excesso.
Excesso, o excesso: destino cósmico, consumação
de uma profecia divina, a mais inapelável das
sentenças? O que diriam eles: os poetas malditos;
os bruxos; os alucinados; os sábios; os espíritos
esquivos, tímidos, acanhados; os cientistas ensimesmados; os doutores cheios de si em seus momentos de ócio; os padres; os profetas; os duplos em
seu exílio? Não existem caminhos, modos, meios,
maneiras de nos esquivarmos da soberana fúria
do excesso. Não há forma, não há como prevaricar, dizer não, desertar ante o chamado, o apelo, a
ordem, a determinação do excesso. De nada adianta
tentar como tentei, por exemplo, preservar, proteger, guardar, acumular na forma de estoque,
de coleção, de conjunto um sem-número de faltas,
ausências; zonas ocas, vazias; silêncios, vácuos,
vãos. Hoje mesmo fui invadido pelo excesso.
Excesso de vento, de fome, de frio, de paisagem, de
branquidão, de sussurros difusos, de saudades do
meu pai. Foi aí que eu me senti, quer dizer, senti-me a mim: pequeno, minúsculo, ínfimo, mínimo;
cansado, extenuado, sopro, casca, palha; mortal,
mortal em demasia, já quase morto. Senti isso
tudo, e tudo em excesso. Não foi uma sensação boa,
agradável. Tampouco achei-a ruim. Ocorre que não
sei bem como qualificá-la, como defini-la. Posso

dizer apenas que senti o excesso como uma entidade, uma potência tão absoluta e pujante que, tomando de empréstimo um dos mais célebres axiomas do vidente, foi como se eu experimentasse um arrematado desregramento de todos os meus sentidos, uma dissolução absoluta da noção de "Eu". Perdão, amigo meu, se não posso declarar de outra maneira pois, de repente, acreditei-me completamente diluído, em um nível inacreditavelmente absurdo, num excesso de ar, de uma vastíssima vulnerabilidade. Era tudo, menos Prudência. Era quase tudo, exceto Impotência. Seria a minha salvação, talvez. Um danado salvo a caminho do palácio da sabedoria. Estaria Blake, sorridente e de braços abertos, à minha espera? Eres capaz de imaginar tal cena? Eu mesmo não. Não acredito, mas também não duvido. Não sei, não sei... Apenas senti. Na verdade, sinto, somente sinto. Só isso, nada além disso. E o que sinto, o que sinto não sei dizer.

XVI

Poeta, poema, poesia, poente. O sol, o ser, o mote, o tema, o lema, o ente. A lágrima escorre, a pira é apagada, o corpo é descido, tudo se põe. Renovado, antigo, novamente ele, imenso, enorme poente. Colosso, hipérbole; distante, longínquo, tão perto; diverso, distinto; diante, detrás, defronte: nas minhas costas, na minha frente, dentro. Ocaso, poente. De fato, de direito, de verdade, é mesmo um caso sério – definitivo, definidor, célere, urgente. Sempre, outra vez, de novo. E outra vez eu, de novo estando, absorto vislumbrando, admirado contemplando o poente, o ocaso; o pôr do sol, o se pôr do mundo. Inspirado pelo acaso primeiro, pelo ocaso original. Vítima, parte, partícipe, efeito, fim; rombo invadido; laço cortado; vínculo rompido; hímen; prepúcio; mucosa; corda; gosma; leite; matéria tomada, abduzida pelo misterioso enigma da contingência atemporal; pelo susto; pelo choque; pelo acidente; pelo sopro; pelo gemido; pelo berro; pelo grito. Poros, pelos, suor, fluidos divinais; caos do Único, do Uno, do Múltiplo, do Átomo. O ocaso tem a beleza e a magia da surpresa, do fortuito, do acaso; de um golpe de sorte, de um lance de dados. Fabrica a névoa, produz a náusea, excita a alucinação. É quase morte, protesto, manifesto. (...) Perdão, tive de me interromper, de parar, de me deter ao ser surpreendido pelo que parecia ser um animal, um bicho. Sim, tratava-se de um lobo. Um não! Vários, muitos lobos, um bando deles, uma alcateia. Foi o que avistei: lobos cismados, sedentos, esfaimados. Surpresa, acaso, peça da natureza. Curiosamente, mesmo indefeso, desprotegido, não me apavorei, não recuei ante a presença daquelas criaturas que me assaltaram ali, no alto de um platô que apenas principiara a ser encoberto por uma sombra continental. Acordei. Sonho, devaneio, miragem, sorte, azar. Quando dei por mim, tudo o que eu tinha para ver era um poente de puro sol, acaso originário, lance de dados, e um mundo como aquele que um dia o trovador cantou, habitado por um jovem migrante, por uma sombra errante, por um solitário filete de sangue, por uma manhã desnuda, por uma noite anônima; por um eu velhusco, atabalhoado, *gauche*, faminto, feio, órfão, indolente, antropófobo, sem bens, só pele, sem nome, só olhos, sem identidade, só um resto de vontade soterrada bem lá no fundo de alguma cidade perdida.

XVII

Surpreendido, descoberto, flagrado, tomado de assalto pela escandalosa sensação de leveza, desprendimento, ação, soltura, liberdade. Estou sentindo isso em mim agora. Deliciosa, maravilhosa emoção e, contudo, estranha, intrusa, estrangeira, como se traficada, como se não merecida, como atentado, crime, dissidência, subversão, ação clandestina, pecado, heresia, blasfêmia, dispêndio de energia, dinheiro queimado, copo quebrado, leite derramado. Por conseguinte, por consequência, não é profundo, pleno, completo, inteiro, puro esse sentimento, já que não há nele nada disfarçado, camuflado, velado, oculto. Ao contrário, tudo nele é dado, ofertado, posto, explícito, exposto na superfície. Sensação, carne, sangue, nervo, obra, mercadoria, osso: tudo exibido, anunciado, corpo em evidência, transparência, luminescência. Afinal, não seria justamente isto que chamamos de alegre liberdade, de feliz transgressão? Ora, se estivesse enterrada, se fora enraizada, alojada no fundo das coisas, mergulhada no magma, escondida no núcleo terrestre, não seria o que seria, o que sinto, o que é. Teria outro nome, seria outra coisa e eu não sentiria o que sinto assim, desse jeito solto, desse modo livre, com esse ar criminoso. Como se despojado do corpo que tomei emprestado. Minto! Do corpo que roubei, que roubei e depois atirei na primeira lata de lixo que encontrei. Igualmente roubei o nome que por tanto tempo usei. Usei, usei e abusei, ao ponto de riscá-lo, picá-lo, esquecê-lo, renegá-lo. Como estou livre, desconhecido, anônimo, indigente! Por onde ando, por onde passo, ninguém sabe quem sou; ninguém me nota, ninguém me dirige a palavra, me cumprimenta. Também abdiquei de qualquer papel, de toda e qualquer identidade. Abandonei, renunciei, abri mão. Agora sei, tenho certeza: não tenho, jamais tive – tudo, nada, luxo, resto. E então, tenho ou não razão para sentir-me de fato e de direito uma criatura viva, livre de amarras, liberada de protocolos, de convenções? Sinto-me como um ser que está por chegar, que ainda não veio, quiçá não virá. Liberdade, alimento do transitório, fonte do indefinido, matéria do porvir. Não, meu amor, não sou cativo, não estou mais preso a ti. Eis o que te ofereço: liberdade – minha, tua. Não tens a mim, não tenho a ti. Nenhum rastro do nômade. Nenhuma mácula, nenhum estigma do viageiro. Surpreendido, assombrado, solto, só. Meu ser agora é leve leveza livre, diáfano manto do movimento.

XVIII

Hoje meu amanhecer foi o mar: vasto, vastíssimo
mar. Imenso. Imensidão de mar infinito, esverdeado, mar azul. Mar de aquareladas luzes, de
multiplicado brilho; de ondas sopradas, escul-
pidas pelo vento, delicadamente moldadas pelas
correntes de ar. Ah, aureolado mar, enfeitado,
ornamentado com espumas gestadas no seu ventre, no seu interior mais profundo; espumas
espelhadas, refletidas, do céu derramadas. Hoje
o meu amanhecer foi de sol e mar. Uma parte, um
pedaço, uma faixa de mundo estava ali. Eu também estava ali, naquele local, nesse lugar, como
pedaço, como pingo, como gota, como coisa miúda,
como nesga do mundo. Sozinho, só. E lá, logo ali,
do outro lado – ainda o oceano –, na extremidade do mesmo-outro mar, do mesmo-outro mundo.
E o mesmo sol, outro, mais um e mais outro, aqui e
ali, deste lado e do outro lado, a aquecer, a iluminar dois continentes. Dois continentes, um sol,
um mundo só, um universo único, só. Um? Só? Hoje,
durante o brevíssimo nascer do dia, encarando,
olhando bem dentro dos olhos do mar; inquirindo,
admirando, desafiando, temendo-o em sua beleza,
em seu tamanho, nos seus mistérios, outra vez me
veio o bardo, em um daqueles belos e iluminados
versos, versos de um fulgor quase tão intenso e
arrebatador quanto o da manhã de hoje. Como eram
mesmo as palavras do poeta? Quero delas me lembrar, quero reproduzi-las, transcrevê-las, tatuá-
-las, senti-las cravadas em mim: *elle est retrou-
vée/quoi?/l'eternité/c'est la mer allée/avec le*

soleil. Não sei se estou sendo fiel ao vate, fiel a mim e ao mundo. Mesmo assim, considero a imagem por ele criada de uma graça, de um tal encanto que, quando nela penso, como o fiz na ensolarada manhã de hoje, diante do mar, chego a ser onda, maré, ressaca; chego a jorrar, a marejar, a ser eu mesmo mar. Sim, sou arrebatado, absorvido, integrado, fundido à filosofia poética de Rimbaud, Arthur pintor que, encontrando no verbo pincel e tinta, retratou uma paisagem tão rica, tão afortunada em resplendor e cor. De fato, aquele mar imenso, esverdeado, azul riscado pelo ouro, ao sol amalgamado, e que tanto admirei na manhã de hoje, pareceu-me ser o mais fidedigno, inigualável registro da eternidade. O mar, o mar! Que emoção larga e profunda, que alegria triste, que melancolia doce, doce como os figos que outro dia saciaram a minha fome! Que mais posso te dizer, o que mais devo te contar? Ah, esse segredo eu vou guardar. O resto é luz e silêncio.

XIX

Tenho por hábito olhar para trás. Hábito, costume, mania. Te lembras? De vez em quando faço isso. Ok, quase sempre o faço. Depende. Depende do momento, do trecho, da estação, da vontade, do meu estado de espírito. Tenho em mim a plena convicção de que olhar para trás tem suas vantagens. Se bem executado, no instante e no local exatos, tal gesto pode conferir às coisas um renovado sentido e, se bem-sucedido, conduzir o indivíduo à embriaguez, à vertigem, à epifania, à alucinação e, com sorte, ao encontro com a grande Revelação. Entretanto, já ouvi relatos de que nem sempre olhar para trás produz tal efeito. Nesses casos, são recomendadas medidas mais drásticas, movimentos mais ousados, mais arriscados. Como girar, por exemplo. É por isso que às vezes giro. Giro, giro, giro... diversas vezes giro, várias vezes giro; circulo, rodo, rodopio trezentos e sessenta graus em torno de um eu cujo corpo entontece no contato com a terra, com o fogo, com a água, com o vento. Enganam-se aqueles que pensam tratar-se aí de uma ação mecânica, repetitiva; de um exercício ilógico, tresloucado, sem sentido; de um trabalho de Sísifo extenuante, sem nenhum propósito. Não há maior equívoco do que pensar assim. Pois, veja bem, olhar para trás, girar, é brincar com o inacabado, com o transitório, com a razão, com o tempo, com aquilo que o bufão, zombando dos deuses, certa vez chamou de "eterno retorno". Essa coreografia lúdica, simulação do retroceder é, portanto, indispensável para o bem viver, para seguir em frente com a necessária coragem de saber que não há nenhuma garantia de que adiante haverá mais vida à nossa espera. Por isso é importante olhar para trás e, se preciso for, girar e girar. Todavia, se só isso não bastar, se apesar de tudo persistirem o medo, a dúvida, a angústia, talvez seja o caso de tomar medidas mais radicais, como dançar. Sim, claro! É por isso que eu caminho. E é também por isso que, não raras vezes, olho para trás. Olho, olho outra vez e olho de novo, e de novo se preciso for. É por isso também que, de quando em quando, giro e, ocasionalmente, naquelas horas em que sinto aquilo que o cômico chamou de "caos interior", danço. Danço, danço, danço, danço, danço *till the stars come down from the rafters...*

XX

Declaro, para os devidos fins, que nessa vida colhi amoras, que tive alguns amores, que confabulei com as Moiras. Também declaro que com as três irmãs passei longas noites, que com elas dormi e pude aprender o significado do sono, da morte, do devaneio, do sonho. Aprendi inclusive o sentido da Roda da Fortuna. Igualmente declaro que elas, más, boas ou belas, ensinaram-me muito mais do que pude apreender. Cloto, por exemplo, deu-me lições de fiar, enquanto Láquesis me instruiu, com esmero, zelo e método, a enrolar os fios da sorte de cada um. Delas não posso me queixar, exceto de Átropos que, sempre rígida e esquiva, mostrou-se ser uma professora menos generosa, de modo que dela obtive pouco mais do que silêncio e uma carranca tão difícil de desfazer quanto de decifrar. Porém com todas elas adquiri uma boa dose de estoicismo, de resignação, aceitando com relativa serenidade o fato de que tudo aquilo que haverá de ser já está dado, mesmo que para desaparecer e depois ressurgir quem sabe transformado. Mas, se é mesmo assim, se tudo já estava determinado, definido desde o princípio; se era certo que chegaria o dia em que eu colheria amoras, que recolheria os fragmentos do meu amoroso viver e que, independentemente de minha vontade ou do livre-arbítrio, eu deveria tramar com as filhas de Nix, então eu já estava destinado a te amar. Certo? Cheguei a duvidar, a desacreditar das Moiras, que não ficaram nada satisfeitas comigo. Quanto a mim, tomado pelo pavor, sem saber como agir, apenas lhes pedi perdão mil vezes, setenta vezes sete vezes, como se a suplicar clemência, salvação, absolvição. E o que fizeram elas de mim? Aguardo minha sentença. Átropos foi nomeada como minha juíza. Será minha salvadora ou minha algoz? Enquanto espero, penso em ti; fico a me perguntar como têm sido os teus dias; se estás bem, feliz; e, sobretudo, se tu e eu estávamos desde o começo dos tempos unidos pelas escrituras celestiais ou se fomos mera obra do acaso. As Parcas nada me disseram a respeito disso. Caso eu seja sentenciado à morte, já sei qual será meu último pedido. Pedirei...

XXI

Acordo ouvindo um som. Que som é esse? De onde vem? Seria o discreto, o silencioso canto das pedras? Ou antes o ronronar das árvores que, mesmo quando adormecidas, firmes se mantêm, sempre esbeltas, eretas, altivas, todas reunidas em torno do meu abandono, da minha solidão? O som ressoa como um suave soprar, como terna canção de ninar. É sereno, leve, quase inaudível. Ainda assim sou capaz de captá-lo, ouvi-lo, mesmo estando eu ainda atado às franjas, às teias, aos fios do onírico. Posso ouvir - meio lerdo, lento - essa estranha, insólita música. Quem a toca, quem a canta? É canto de pedras, é ronronar de árvores? É coito, dança? É sussurro, assobio? É gemido, grito? São pássaros, insetos, fadas, os mortos se manifestando, no esforço para se comunicar? É o correr do vento? Não sei, não entendo. Fico intrigado, inquieto com esse som. O que será? Provocação, brincadeira? Charada, truque? Cilada, armadilha? Biscoito da sorte, cartola mágica? Baú sem chave, cofre sem senha? Detonador, gatilho? Empurrão, coice, chute? Tendo a tomar esse som como mina, como fonte de onde extraio um punhado de perguntas, dúvidas, conjecturas, especulações, teorias conspiratórias as mais improváveis, delirantes, esdrúxulas. Coisas que, uma vez cruzadas, associadas, somadas, multiplicadas, terminam por me conduzir ao cume do mistério, ao universo da memória. Conjugo então ideias, dou ração para o pensamento. Por isso me pego matutando, criando caso, colocando minhocas na cabeça, desenterrando defunto. Assomo então à inevitável questão: nos separamos sem cerimônia, sem sequer nos despedir. Por quê? Fomos vencidos, derrotados pela mágoa, pelo ressentimento? Faltaram perdão, coragem, compaixão? Sobraram orgulho e vaidade? Fomos tão covardes, desistimos tão facilmente. Com pressa corremos, precipitados fugimos, em desespero, em disparada, como se para não perdermos o táxi, o ônibus, o trem, o voo, o bonde. Queríamos ir para onde, afinal, quando sequer compramos passagem? Corremos tanto. Chegamos a algum destino, recuperamos o que nunca tivemos, reavemos o impossível, resgatamos os dois meninos que fomos um dia? Tantas batalhas, tantas guerras, tantas lutas... Tudo isso me traz o som, suave canção, agridoce ruído. Agora já sei o que é de onde vem. É o mensageiro, o arauto que vem chegando. Vem vindo a anunciar, para indicar um sinal: é o sinal de saída. Quanto ao som, é mesmo o som da partida.

XXII

Onde estou agora? Que lugar é esse? É mesmo um lugar, espaço físico, território localizável por meio de um mapa, de um satélite a seguir meus passos desde o espaço? Estarei sendo observado por um astronauta curioso, bisbilhoteiro, prostrado diante de uma janela indiscreta? É mesmo um lugar esse lugar ou será curva, brecha, buraco, corrente de ar? É voo, pulo, salto? Ou um dia de domingo, uma manhã de primavera, um céu nublado? Saber não sei. Mas decerto sei que, do alto desse não estar, me pego a contemplar a cor mais violácea. Avistar outras cores também avisto, outras tonalidades, linhas, margens, traços. Vejo o vermelho, o rubro vislumbro, acaricio o carmim. O verde, o azul, o amarelo. Todavia ver só não vejo, pois percebo, sinto, abrigado nesse não-lugar, o sabor, renovado e antigo, novamente novo, novo de novo. Sinto a cor, o gosto, o sabor, a fragrância, o cheiro do estranhamento primordial. Custa então compreender o sentido a presidir a criação do mundo e o meu aparecimento nele. Amor, matrimônio, intercurso sexual, acidente, destino, deus, acaso? Quando, como, por quê? Quem foi que disse que estou mesmo no mundo, que nele ocupo um lugar, que comprei um terreno à vista? Quem me garante, quem me assegura, quem pode provar? Sou realmente um ser vivo, um bicho que respira, que sente fome e sede? Ou não passo de um extravio? O amor foi perdido, me foi roubado? Ou fui eu que o atirei na lata de lixo, num momento de embriaguez? Foi isso o que te fiz? Fiz isso contigo?

Ainda estás aí? E eu, ainda estou aqui? Aqui onde? Sinto agora, nesse lugar-vácuo, uma falta tão pesada, tão profunda, tão densa. Deixei passar alguma coisa, algum lugar de verdade, concreto, real, físico? É possível viajar através do tempo e do espaço? É possível ir e voltar? Ir de onde? Para onde voltar? Onde estou, de onde vim? Meu amor, eu sinto, juro que sinto. Estou morrendo, me transmutando, me convertendo em musgo, areia movediça, pântano. Estou sendo, me transformando em chuva, rio, água, oceano. Estou morrendo? Que felicidade, que alegria; que desespero, que agonia! Estou me fundindo, sendo fusão. Vou desaparecendo, me apagando, me afastando mais e menos. Que lugar é esse? É soma, é lugar, subtração? É número? Se número for, é ímpar ou par? Se soma, assim não a sinto. Só sinto que estou sumindo, me subtraindo, subindo, sub-indo, indo, indo...

XXIII

Palavras. Onde estão elas? Por onde andarão?
Será que se foram, fugiram? Estarão voando,
vagando por aí a esmo? Perderam-se na vastidão do espaço vazio, congestionado pelo excesso
de vácuo? Esconderam-se? Estão me fazendo de
bobo, de otário? Evadiram-se fartas de mim, tanto
assim as demandei? Deus meu, será que morreram?
Não creio, não posso crer. Em livros, revistas,
jornais, em meus cadernos as procurei. E nada.
Nenhuma notícia, nenhum registro, nenhum obituário, nenhum sinal. Já sei, me foram roubadas!
Mas quem me as roubou, se sozinho ando, quando
solitário sou? E agora, José, onde estão as palavras, para onde marcham? E quanto a mim, que
faço eu sem elas? Como descobrir seu paradeiro?
Vou a uma delegacia, registro um boletim de ocor-
rência? Devo percorrer hospitais, institutos de
medicina legal? Melhor, vou a um centro espírita.
Quem sabe lá as encontre, talvez comigo se comu-
niquem através do corpo de um médium ou por meio
de uma carta psicografada. E se nada disserem?
Senhor Jesus, minha Nossa Senhora, como poderei usar metáforas, criar figuras de linguagem,
neologismos, estrangeirismos, um outro idioma,
um novo vocabulário, se não acho as palavras?
Como ensaiar malabarismos linguísticos, herme-
nêuticos, exegéticos, filosóficos, dialéticos sem
elas? Como traduzir – criar, copiar, trair, mentir
–, fazer poesia, escrever versos, ao menos redi-
gir um telegrama, se não encontro as palavras?
"Sobre o que não se pode falar, deve-se calar",

recomendou certa vez um célebre filósofo. Estou seguindo seu conselho, mas não porque me falte a voz, a vontade, a coisa, o objeto. O que me falta é a palavra. Como nomear o nome, como definir o silêncio? Terei mesmo que me contentar com o não dizer, com pontos, vírgulas, reticências, acentos? De que adianta, para que serve essa parafernália toda sem as palavras? Diacho! Ando tão carente, tão revoltado; triste, indignado; exaurido, esgotado. Estou assim: assado, aperreado, coisado. Talvez seja melhor parar por aqui, desistir de uma vez dessa carta escrita sem palavras. Alto lá! Espera aí. Restaram algumas. Sim, são poucas. Mas é como um mendigo um dia me falou: "o pouco com Deus...". Vou tentar aproveitá-las. Vejamos se consigo formular algo que possa ser chamado de frase ou oração. Vamos lá: "azedo matou futuro"; "saturno adormeceu vermelho"; "dose música salgada"; "tarde vulcão prata"; "subiu preço noturno"; "amor saudade mundo"; "tu eu", "tu eu", "eu tu"...

XXIV

Inacreditável, imperdoável, inadmissível a pobreza da linguagem. Sim, continuo zangado, mal-humorado, azedo, revoltado com a linguagem, com sua estreiteza, com sua má vontade, com sua preguiça. Será que nenhuma palavra consegue ser adequada, minimamente competente para, por meio dela, comunicar nossas ideias, nossos pensamentos, nossos sentimentos mais íntimos, profundos, mais inconfessáveis; soterrados, soçobrados, escondidos, ocultos dentro de nós, no fundo dos nossos sótãos, dos nossos porões, das latrinas onde depositamos nossas tralhas, nossos restos, nossos dejetos? Ainda não me acostumei, não me acostumo nunca com a inaptidão, com o descaramento desse sistema. Ora, se com sinais concedemos vida até mesmo aos deuses, por que não podemos com eles expressar livremente o que somos ou o que desejamos, o que gostaríamos de ser ou de ter sido?! Perdão pelo desabafo, lamento se me tornei monotemático. Mas é que não basta para mim conhecer "agenciamentos maquínicos", "símbolos glossemáticos", "significantes acústicos" ou a "estruturação dos traços de ressonância oral". O problema tampouco é resolvido se substituímos *afgreki'* por *s'agapo* ou por *obicham te* ou por *ne mohotatse*. Sei que novas palavras podem ser inventadas, que podemos até mesmo jogar, brincar, testar, fazer experimentos com elas, porém eu queria mesmo que fosse fabricado, forjado um outro idioma. Mas de que adiantaria empreender tal exercício? Duvido que com isso pudéssemos apreender o ser, o cerne da "Questão", da "Coisa"; a ontologia do "Fenômeno", o sentido último guardado na "Diferença"; a causa e a razão do "Problema", do "Enigma", do "Mistério". Minha nossa, só agora estou me dando conta, por exemplo, do quão dessemelhantes somos, sempre fomos, tu e eu. Há apenas um abismo entre nós, um fosso, um buraco negro, um sistema solar, uma realidade paralela a nos separar. Agora percebo, e com uma nitidez medonha, aterradora, abissal. Não vou me estender aqui, já que nenhuma palavra seria capaz de traduzir a distância, a incomunicabilidade entre nós. Como explicar, exprimir isso? Talvez somente os números, os sinais matemáticos sejam mais ou menos hábeis para fazê-lo. Então vejamos: era uma vez, no princípio de tudo, num tempo em que o verbo sequer existia, em que nós dois nos víamos ou acreditávamos ser assim: 1. Quando sempre fomos isto: 2. Ou isto: 1:1. E agora, o que somos? Isto: 1:0? 0:1? 0:0? Ou isto: Ø?

XXV

Silenciei, me calei, fiz-me ausente. Desapareci, sumi, não estive. Por quanto tempo, por qual motivo? "Cada vez mais angustiado ao escrever. Cada palavra revirada transforma-se numa lança voltada contra quem fala". Estas não são palavras minhas. Trata-se de uma passagem contida em uma das últimas anotações feitas por Kafka em seus diários, cerca de um ano antes de sua morte. Palavras de quem escreveu algo justamente intitulado... *O desaparecido*. Que ironia... Eu bem que poderia me apropriar destas mesmíssimas palavras e usá-las como uma justificativa, uma desculpa (endereçada a quem, a ti, a mim mesmo?) para o meu silêncio. Mas a verdade é que até eu mesmo desconheço a real razão para o meu emudecimento. Talvez eu pudesse não sem esforço intuí-la, pressenti-la ou mesmo inventá-la. Para ti, para mim? Por quê? Em nome de quê? Perdão. Perdão? Não sei porque te peço perdão. Amigo, irmão, estou rompendo o meu silêncio só para te dizer que não morri. Não estou morto. Ainda não. Continuo, pois, vagando, errando, procurando tudo, buscando nada, nada encontrando. Persevero na perda e assim, perdendo e me perdendo, engordo, prospero, enriqueço. É graças a essas sucessivas perdas estéreis, prolíficas e cotidianas, que consigo adiar meu extravio definitivo, postergar minha chegada final, arquitetar minha última mentira. Porque afinal eu minto (*don't you love farce?*). Minto, por exemplo, quando digo que nada encontrei, pois na verdade os dias, tão obsequiosos, me têm brindado com algumas vitórias, com interinas conquistas, como a de ampliar o meu estoque de dúvidas e o meu acervo de silêncio. Portanto não me pergunte nada, não peça a minha fala, não me exija nenhuma palavra. E recomendo que guardes para ti teu próprio silêncio. O silêncio é mesmo uma coisa sagrada. Além do mais, já estou saturado, abastado com demasiadas perguntas. Vem daí o meu silêncio? Meu caro, espero que te contentes por saber-me vivo. Ainda estou no mundo, sou um sobrevivente. Aproveito para dizer também que não me esqueci de ti. Não, não me esqueci de ti. E mais, ainda penso em ti, ainda te desejo, te quero bem. Ouso mesmo dizer que tua felicidade me é cara, preciosa, importante. Quero te saber alegre, contente, livre, leve e sem mim fim.

XXVI

Nos últimos dias tenho me sentido esvaziado, oco. Na verdade, "esvaziado" não é a palavra exata, correta. O que quero dizer tem mais a ver com uma espécie de saturação, de empachamento, de exagero, de excesso de vacuidade. Por isso – só por isso? – me calei, de novo. Achei por bem calar-me. Penso que o silêncio deve sempre se impor como um imperativo, um dever moral a quem como eu não tem nada de importante a comunicar. A sensação pretérita desse dever persiste no presente. Hoje mesmo, de manhã cedo, a necessidade de silenciar, de me encerrar num ovo, num casulo, numa arca de chumbo hermeticamente fechada, num caixão lacrado, num túmulo, num útero, novamente se instalou aqui, no interior de mim, no núcleo da minha precariedade. Assim tem sido nos últimos tempos, nos últimos dias. Não me recordo de nenhum período no qual o silêncio me tenha sido tão necessário e premente. Ao mesmo tempo tão opressivo, autoritário, despótico, tirânico. Se eu tivesse um espelho, se eu pudesse agora mesmo ver minha imagem refletida numa superfície qualquer, creio que me veria esmagado pela mais dura lei do silêncio. Ocorre que preciso falar, cortando as cordas, arrancando a mordaça, golpeando o calcanhar desse silêncio, nem que tal esforço me custe sangue, suor e vida. Preciso falar-te, pois corro o risco de sufocar, de ser aniquilado, caso não me expresse nem que seja através de acanhados sussurros, de abafados aulidos, de tímidos bramidos. Agora percebo que muito pouco podemos, que quase nada somos sem o verbo. Hoje tive de enfrentar novamente o silêncio, esse leviatã. Amor, amor meu, não há saída senão pela via do combate. Não existe salvação possível que possa prescindir das virtudes, das qualidades, das armas e de todos os artifícios do guerreiro. Espadas, armaduras, elmos, escudos, lanças, arcos, flechas, balas, bombas, punhos, cavalos, palavras, palavras, palavras. Para haver trégua, para sonhar com a paz, é preciso em primeiro lugar enfrentar a contenda, promover primeiramente a guerra. Entre mortos e feridos, entre vencedores e vencidos, talvez nos encontremos, talvez sobremos, talvez restemos apenas tu e eu, somente nós.

XXVII

Coisa estranha é a memória. Estranha, traiçoeira, inclemente às vezes. Dias atrás me veio a lembrança de uma época em que costumavas chamar-me de "anjo": "anjo meu", "meu anjo", "meu anjinho". Soava cafona, brega, piegas. Mas podíamos nos dar o direito de sermos piegas. Afinal, estávamos apaixonados, "enamorados", como se dizia antigamente. Estávamos infectados pelo vírus da paixão, travestidos com a fantasia do "amor, sublime amor". Mas eis que o Tempo, essa fábrica de ficções, também costuma agir como uma Máquina devoradora de todas as coisas. Máquina que nada poupa, que não perdoa ninguém, nem mesmo a nós. Máquina que, se não destrói, transforma, deturpa, corrompe. Fomos vítimas dela, fomos atingimos em cheio pela implacável ação do Tempo. Sim, assim foi. Tanto que, no transcorrer do Tempo, tu continuaste a chamar-me de "anjo". Só que já não havia em tuas palavras mais o "amor sublime", o "amor eterno", a ternura, o afeto de outrora. O que havia naquele "anjo" que tua língua e teus lábios vertiam não era amor, mas sim sarcasmo, veneno, deboche, ira, de modo que o "anjo" que moldaste ou idealizaste com os elementos da paixão degenerou numa caricatura, num retrato distorcido, numa estátua deformada. "Anjo caído", "exterminador", "mau", "anjo maldito". Agora, somente agora sou capaz de admitir para mim mesmo que isso me magoou terrivelmente. Confesso que me senti atacado, ferido, injustamente humilhado por ti. De onde vinha tanta raiva, qual a fonte de tanta crueldade? Ainda hoje, quando me recordo disso, chagas são reabertas, a dor é revivida, re-sentida. Mesmo assim, creio que agora, graças a essa Máquina destruidora, graças à intransigência do Tempo, sinto-me igualmente em condições de te compreender e até mesmo de anuir às tuas acusações. Bem, a algumas delas, pelo menos. E vou ainda mais longe: somos, tu e eu, ambos, nós dois, de alguma maneira, "anjos". "Anjos" endiabrados, endemoniados. Isso mesmo. Pois saiba que eu sei que os teus abusos nunca foram menores do que os meus. Não, tua brutalidade apenas era escamoteada, maquiada, camuflada por meio de palavras e gestos "gentis", "delicados", "afáveis", "generosos", "civilizados". Tudo hipocrisia. Perdão, peço mil desculpas. Não faz o menor sentido escavar a memória para te insultar de novo. A propósito, li em algum lugar que trazer à tona uma determinada lembrança é captá-la em um momento de perigo. Devo estar em perigo agora. Certamente estou.

XXVIII

Noites insones, madrugadas-zumbi. Ouço o uivar do vento – a alusão à história das duas infelizes Catherine me é irresistível –, a trazer consigo a escuridão, densa, pesada, carregada. Sinto o toque, as apalpadelas das inumeráveis e gélidas mãos das sombras. Não tenho descansado, não tenho dormido. Estou aprisionado em um penoso e interminável estado de vigília. Minha consciência anda perturbada, meu espírito desfigurado. Meu corpo também sofre, padece com o frio a penetrar-lhe por todos os poros, por todos os orifícios, tornando-o rijo, convertendo-o em um cadáver semivivo, semimorto, a quem recusaram o sacrossanto repouso. Onde estarás tu, Antígona? Meus olhos ardem, meu estômago voltou a doer. É uma tortura, um pesadelo, diria, caso estivesse dormindo. Contudo, apesar desse martírio, surpreendentemente não me apavoro, não me desespero, nem mesmo quando pressinto a presença de alguma criatura noturna e faminta a farejar o odor que exalo. Porém, o meu suplício maior, enquanto duram essas noites penumbrosas e frias de insônia, são as intermináveis estocadas de solidão. Sim, tenho me sentido só, muito só. É uma solidão profunda, intestina, que não chega a jorrar, sequer goteja, no entanto, marca a minha pele com hematomas, feridas, tatuagens, cicatrizes, escaras, e torna meu hálito pútrido, fétido, pestilento. Sabe a sangue e pus essa solidão, líquido viscoso a deslizar pelas paredes da minha garganta. Agora começa a chover e eu não consigo dormir, mesmo exausto, esgotado. Enquanto isso, o vento e a escuridão da noite parecem bailar. Dançam abraçados, cúmplices, como dois amantes. Parecem alegres, felizes os dois. Parecem rir, zombar de mim. Por quê? Por que agem assim? Para ser honesto, sequer estou certo de que o fazem. Talvez eu esteja apenas delirando alucinado. Estarei perdendo a razão? Escuto passos, ouço o barulho de galhos secos estalando. Quem se aproxima, quem vem? Há alguma porta, existe uma janela? Receberei esta noite a visita de algum fantasma, da sôfrega alma de uma daquelas pobres Catherine?

XXIX

O crime. O julgamento. A sentença. Sei que me julgaste, que me condenaste como aquele que errou, que pecou, como o desertor, o traidor que não merece perdão. Estou certo, tenho razão? Meu bem, bem sei. Houve um tempo em que igualmente condenei a mim mesmo, ao presumir, ao aceitar teu julgamento, teu veredicto, a batida do teu martelo. Achei justo, concordei contigo. Sim, terminei por me condenar, por me punir, por me autoflagelar. Minha culpa, minha máxima culpa! Assim pensava. Agora não mais. Basta! Chega de cumprir tantas penas, de carregar tantas culpas. Não quero, não posso, já não suporto mais. Quero transcender, ir além da penitência, da mera sobrevivência, do simples respirar, do mecânico ritual que consiste em ruminar e excretar as sobras da ração de todo dia. Preciso viver, sentir sede e fome de vida. Não me pergunte o porquê, pois não sei dizer. Não sei o que mudou em mim. O que importa agora, nesse exato momento; o que deve interessar a ti é que para mim seria impossível, insuportável, inconcebível permanecer no mundo como um delinquente, um criminoso acossado, esmagado, transfixado por uma sensação de contrição a minar minhas forças, a carcomer minhas vísceras e artérias, a pubar minha alma. Tenho me esforçado para encontrar um novo modo de viver, de viver inclusive sem ti. Não, não estou te julgando, te condenando, te punindo. O que te digo não são as palavras de um juiz vingativo, irascível, tomado por um suposto senso de justiça. A última coisa que eu queria na vida seria te maltratar, te magoar. Não, meu caro, não permitamos mais, nunca mais, que atuemos como as vítimas ou os algozes de nós mesmos. Sê indulgente comigo. Também serei contigo. Prometo. Façamos disso nosso princípio ético, nosso mantra, nosso lema, nosso leme, farol a nos guiar. Intuo que virá o dia em que nos encontraremos novamente. Será o tempo da trégua, da reconciliação, quem sabe de uma vida feliz e abundante. Que assim seja, meu amor. Assim espero. Sim, eu quero.

XXX

Perdidos no tempo... A alma perdida... As ilusões perdidas... Horizonte perdido... A casa das lembranças perdidas... Paraíso perdido... Em busca do tempo perdido... Registro na água, na areia, no ar, no tronco de uma árvore, na palma da mão, em qualquer parede, na minha mente. Faço em ação e em pensamento um inventário dos livros que li (ou que tentei ler, já que nunca dei conta de todos os volumes da obra de Proust), cujos títulos contenham a palavra *perda* ou alguma derivação dela. O que me motiva a empreender esse trabalho, a praticar tal exercício? Desta vez me é fácil responder. É tão clara, nítida, é tão óbvia, concreta e palpável a resposta. A consciência, a substância, a consistência da perda pesa sobre mim, me atravessa, me penetra. Perdi, me perdi, sou um perdedor perdido. Perdi a noção de tempo e de espaço. Perdi a lembrança das manhãs, das tardes, daquelas noites. Perdi a memória da infância que com tanto zelo e por tanto tempo guardei comigo. Não sei onde estou. Se é dia ou noite, se hoje é sábado, domingo ou outro dia qualquer, se hoje é mesmo hoje, já não sei. Nada sei do que se passou desde que parti ou desde que cheguei. Parti, cheguei? Luz e trevas, sol e lua, céu e terra, tudo se confunde em mim, porque em mim se funde. É fundo, profundo. Faminto, não sinto fome. Sedento, não tenho sede. Tremo de frio no calor do deserto. Sinto tudo, sinto nada. Sinto e não sinto. Deixei cair alguma coisa, algo como uma espécie recém-descoberta de nostalgia. Mergulhei no rio, adentrei o mar. Ao retornar, percebi que eu havia perdido bolsa, caderno, vestes, entes queridos, estimados amigos, histórias, os bens que ainda me mantinham conectado à realidade. Quantos metros, quantos quilômetros, quantas léguas percorri? Quantas fronteiras atravessei? Uma, duas, três, nenhuma? Dei a volta ao mundo em oitenta dias. Será? Talvez eu sequer tenha transposto o quarteirão ou a porta de casa. Perdi coordenadas, parâmetros, a trilha que me levaria até a existência. Perdi o que julguei ter aprendido, conquistado. Perdi. Já tive algo? Perdi a mim. Alguma vez me tive, me encontrei, me possuí? Por um momento penso sobre as coisas que perdi, depois me esqueço de todas elas. Perco, perco de novo, e de novo, e de novo. Estou quase me convencendo de que perder na verdade é uma maneira de achar, de encontrar, de descobrir. Penso sobre a vida e a morte, penso sobre o amor e a saudade, penso e não penso. Penso em ti e não te penso. Ontem, agora, nunca, amanhã, sempre.

XXXI

Meio, no meio, na metade, entre, *in-between*. Partido, cortado, dissecado, dividido, repartido, cindido: um eu, um não-eu, um anti-eu, um outro, um duplo, um invasor, um estrangeiro. Como percebo, como sinto, como sei? Operário do vazio, cartógrafo do vento, arquiteto do abstrato, arqueólogo a escavar ilusões, sonhos, delírios, devaneios, não sei. Imagino, especulo, intuo. Sempre e jamais no começo. Jamais e sempre no fim. Na metade, no meio. Caminhos, estradas, atalhos, trilhos, trilhas, viagens, jornadas, fugas, procuras, vida. Que curioso, que engraçado. Dedico, invisto, desperdiço tempo a me fazer perguntas difíceis, a me propor charadas, buscando respostas que sei de antemão que não irei encontrar. Meu trabalho, meu ofício, meu ócio, meu *potlatch* discreto, solitário, silencioso, particular. Passatempo, dispêndio, distração. Quero ser tibetano, penso às vezes. Quero ser zen-budista, espírita, muçulmano, umbandista, cristão, ateu. Quero ser tantas coisas. Quero ser simultaneamente tudo. Depois desisto. Mudo de ideia, mudo, fico mudo. Até as ideias me escapam. Nessas horas ando, perambulo, sendo corpo, simples matéria autômata, mero veículo, máquina enferrujada. Às vezes permaneço assim por dias, meses, anos a fio, até que alguma coisa como o sol, a chuva, um pássaro venha a me despertar, a me ressuscitar, a restituir minha condição humana. Quando uma tempestade, por exemplo, me pega de surpresa, sou capaz de recobrar os sentidos, de subir aos céus, de retornar à vida com toda sua aspereza, com sua aridez. É quando noto a presença de abutres no céu (abutres ou águias?). É quando penso em deus e no corpo de Prometeu a jazer em algum lugar, provavelmente no deserto. Pobre deus, pobre Prometeu, pobre de mim, pobres de nós. O corpo de Prometeu também é meu. Na verdade, ele sou eu, um outro, um não-eu. A fome dele, a dor, a sede, são minhas também, pois eu também roubei. Roubei não apenas o fogo, fogo a me consumir por dentro e por fora. Roubei joias, roubei ouro, saqueei almas, enganei, ludibriei mortais e deidades, fiz juras e promessas. Tudo mentira, tudo farsa. Metade de mim sofre. A outra, não. Meu ser nunca é, nunca está em parte alguma, porque não é inteiro, é cindido, partido, dividido, por isso mesmo multiplicado, fragmentado, composto por partes, pedaços que se anulam, que se negam mutuamente. Talvez seja obra do destino, a via a me conduzir à gloriosa, iluminada e escura dissolução.

XXXII

Cenário lúgubre, soturno. Lá fora chove a cântaros. Do céu são atirados, com uma violência desmedida, relâmpagos, raios, trovoadas. Por todos os lados, em todas as direções, ventania, vendavais. Fúria, guerra, caos. Dentro, o contrário. Salão enorme, aparentemente protegido, abrigado do grande dilúvio. Nem por isso a atmosfera é menos densa, pesada, penumbrosa. Anfiteatro, necrotério, castelo do Conde Drácula tal como retratado nos filmes em preto e branco? Difícil descrever, impossível definir. Nenhum barulho, nenhum ruído. Silêncio total e absoluto a dividir espaço com um mobiliário antigo, todo revestido de pompa e nobreza. Datam de quando, de qual período? Da época de Luís XIV, da era elisabetana, dos gloriosos dias dos imperadores romanos? A princípio tenho a impressão de que não há mais nada nem ninguém ali. Eis que a câmera começa a se mover. É então que percebo que algo ocupa o centro daquele vasto espaço. O que haveria de ser? O movimento da câmera é lento, porém contínuo, progressivo. Assim, à medida que a lente avança mais e mais, dou-me conta, com um imenso pavor, da presença de um corpo imóvel, rijo, lívido, estendido dentro de um ataúde preto, lustroso, impecavelmente polido. Graças a um *close-up* brusco, abrupto, vejo teu rosto lindo e nítido, teus olhos e tua boca de finos lábios cerrados. Mesmo ausente – pois estou em outro plano, do outro lado das coisas –, posso observar, como um mórbido espectador, como um *voyeur* sádico, teu solitário, abandonado corpo sem vida. Morreste? Estás morto?! Acordo, desperto sobressaltado, suado, com o coração acelerado. Choro, grito, berro como uma criança tomada pelo medo, como um desesperado. É inacreditável o quanto permaneço ligado a ti. Tanto que sou incapaz de conceber a ideia de que venhas um dia a apagar-se, a desaparecer, a perder-se de mim de vez, para sempre. Não quero, não posso sequer pensar no teu desaparecimento. Porque desaparecer está no campo do desconhecido, do mistério, do que não tem nome, daquilo que ainda não foi colonizado pela linguagem, do que se extraviou no mundo, do que passou pela vida – que "não chega a ser breve", como disse Drummond – e dela se foi. Eu me converteria na dor de todo mundo, em toda a dor do mundo se me deixasses assim, repentinamente, sem uma última palavra, sem um último olhar, sem um último sorriso, sem um último abraço, sem um último beijo, sem o último adeus.

XXXIII

Segundos, minutos, horas. Dias, semanas, meses, anos. Terça-feira, quarta-feira, quinta-feira... Julho, agosto, setembro... Anoitece, amanhece, anoitece. Crepúsculo, entardecer, madrugada. Meio, começo, desfecho. Presente, passado, futuro. Cronos, tempo. Titã, deus? O que é, o que vem a ser, de que matéria é feito, qual a sua natureza, a sua essência, o seu propósito? Que horas são? Já amanheceu? É noite, é dia de Maria? Quanto tempo se passou? Estou perdido, desorientado no acidentado ocidente. Oceano, queda d'água, nascente. Esqueci, desaprendi a ler as horas, a marcar as datas, os dias. Já não sei para que servem um cronômetro, um calendário, um relógio. Que dia é hoje? O que há para celebrar? Natal, carnaval, final da copa do mundo? Hoje comemoramos o dia dos pais, das mães, das bruxas? Ou será o dia dos mortos-vivos? Acho que hoje algum amigo faz aniversário. Ou estou enganado? Não, hoje faz exatamente um ano do seu funeral, do seu sepultamento. Hoje alguém está a casar-se, enquanto um outro está a lamentar a perda do grande amor de sua vida. Que loucura. Endoideci. Não sei das horas, dos dias. Nada disso me diz mais respeito. Quando isso começou, ou seja, quando terminou a minha relação com o tempo e seu senso, sua noção? Eu estava dormindo, comendo, tomando banho, me masturbando com o olhar voltado para um corpo bonito; distraído observando o voo de um beija-
-flor, as cores de uma borboleta, o correr de um animal silvestre; vagando a esmo, varrido pelo

vento, trajando alguma correnteza, quando isso se deu? Errante, peregrino, *flâneur*, viajante de mil léguas, de dez milímetros, de sete palmos de terra. Perdi o tempo, nele me perdi, dele me separei, me desprendi. Ele foi mais rápido, mais breve e veloz do que eu. Não pude mais alcançá--lo. No seu transcorrer, perdi o bonde da história. Doces lembranças, leves. Recordações difusas, atrozes, algumas encharcadas de sangue, tudo se foi. Um dia fugi de casa, te abandonei, deixando para trás uma vida que agora me é completamente estranha, indiferente. E agora? Não lembro mais, me esqueci. Hoje é mesmo hoje? Já não reconheço, porém posso sentir. Sinto o momento, o instante, o movimento, a fluidez do tempo fora do tempo, de um não-tempo, de um princípio velhusco, moribundo; de um final recém-nascido, de uma eternidade finita, de uma estrela a morrer, de uma matéria escura a iluminar a sombra do apagamento, de uma gelada chama a reclamar a urgência do ir, do retornar, do chegar e de novo partir.

XXXIV

Olhos vazados. Édipo. Estou cego, cego de mim. Cegueira súbita, total, fulminante. Deu-se assim, de repente. Santa Luzia, onde está a senhora? Não me ouve, não me enxerga, não me vê? Eu mesmo não me vejo. O que diviso, o que distingo é nada, o Nada. Perdi de vista o céu, o sol, o horizonte, o mundo. Tudo desapareceu, tudo sumiu: os filmes da minha vida, os livros da minha vida, os rostos, os corpos, as ruas, as paisagens, as lembranças, os amores, *et cetera, et cetera* e tal. Tal o meu estado, a minha condição, ponto final. Aos poucos, as cores foram se desbotando, imagens desvanecendo-se. Casa, coisas, objetos, sonhos, ideias, pensamento, sentimentos, tudo foi gradualmente arrastado, levado pela cegueira. Tudo foi sumindo, até sumir de vez. Tudo foi desaparecendo, até desaparecer para sempre, para nunca mais. Fui junto, segui o mesmo rumo. Desapareci com o mundo, o mundo que conheci e depois perdi. Agora ninguém mais pode me localizar. Sou um ser apagado, sumido, desaparecido, desterritorializado, fora de qualquer lugar, de qualquer espaço. Não estou perto, não estou longe, não estou. Apesar disso, a despeito do que te digo, quero que saibas que de algum modo continuo, persisto, prossigo. Santiago, Roma, Meca, Granada, "Oklahama", São José da Mata. Algo em mim, algum vestígio meu há de ser encontrado em algum lugar. A estrada, a busca jamais termina. Do rio não se vê a outra margem, do mar não se enxerga o fundo. Fluido, massa, bolha, onda. Algo segue pulsando no mundo. Algo que eu, cego, não vejo. Mesmo assim, cego de mim, sigo percebendo, captando, ouvindo o som, o ar, o canto, a energia, o movimento. Pássaros, folhas, galhos. Ainda há vida no mundo. Sei disso através dos passos que ouço. Passos pesados, ligeiros. Já disse que não existo mais, porém pressinto aquilo que não pode me notar, que não pode saber da minha cega inexistência. Pressinto o aproximar-se da coisa, pessoa, ente, fantasma, criatura. Coisa que respira, ofega, cheira, lateja. Cego, vazio, oco, morto, imaterial, me mantenho imóvel no não-lugar. Meu incorpóreo corpo gira. Meus olhos cegos voltam seu não-olhar para trás. Estou parado na negação do tempo e do espaço. Converti-me no paradoxo, na contradição. Existo na plenitude do não. Transpiro sem transpirar, o coração bate sem bater. Estou vivo na morte. Estou vivo, estou morto, estou perto da lonjura, longe de onde estou. Sem corpo, me ponho em pé, ereto, exatamente onde não existo.

XXXV

Vivos. Vivos! Vivos? Estamos vivos? Estivemos
alguma vez, algum dia, em algum momento, "vivos"?
Ou jamais passamos de meros abortos, de natimortos? Sou tomado às vezes pela sensação de que
apenas vegetamos, sobrevivemos, subsistimos tombados, intranquilos. Há noites em que me deito
e adormeço, coberto por grossos pesadelos, por
felpudos tormentos. Tormentos feitos de algodão,
de lã. Perturbações fabricadas com pelos e penas.
Durmo profundamente, pacificado como um bebê
estendido sobre um berço acolchoado com pregos,
brasas, cacos de vidro. Enfermiço, doente incurável, desenganado, indolente. Sonho, sonho com
assassinatos, com chacinas. Sonho com monstros
de mandíbulas despedaçadas. Sonho com zumbis
de pele flácida, derretida, esverdeada. Sonho
com cadáveres inchados, de barrigas estufadas,
de olhos amarelados. Sonho com as imagens pintadas por L. Freud. Sonho com nós: abutres, amebas, hienas, animais mutilados. Sonho com nós:
entorpecidos, anestesiados, indiferentes ao fogo,
esvaziados, ocos, carcomidos pelo ácido do tempo,
corroídos pelos vermes. Estamos vivos, meu bem?
Sonho com nós: reis imbatíveis, absolutos, ridículos, obesos, raquíticos. Governamos nesses sonhos
o Império da Inanição, o Paraíso da Miséria, da
Fome, do Não. Poderosos trucidados, esfacelados,
autofágicos, engolidos pelo próprio poder, pelos
erros, equívocos, por ilusões, mentiras, quimeras, conspirações. Procuramos nesses sonhos pela
verdade, buscamos a felicidade, a gratificação, o

sentido das coisas. Inventamos beleza e coragem. Nos alimentamos, bebemos, nos nutrimos fazemos xixi e cocô. Respiramos, suamos. E, no final de tudo, ao cabo de todo o processo, padecemos: sem oxigênio, sem ar, sufocados. Entretanto, antes desse último ato, desse *gran finale*, repousamos, dormimos. Voltaremos a acordar, despertaremos para ver um novo amanhecer? Retornaremos ao mundo, à "vida"? Agora, neste exato momento, enquanto escrevo esta carta, me vêm à mente coisas aleatórias, assuntos disparatados, ideias desconexas. Penso, por exemplo, em temas envolvendo acordos, contratos, compromissos, conveniências, convenções, compras, vendas, juros, dívidas, ações, apólices, empréstimos, déficit fiscal, roubos, golpes, sortilégios, fraldas, fraudes, S. Freud, em tudo e em coisa nenhuma. Amor, estamos, estivemos vivos alguma vez, algum dia, ou jamais fomos mais do que meros natimortos?

XXXVI

Fui, mergulhei, me joguei, me lancei sem rumo, na direção daquilo que não tem nome. Deixei-me levar, fui tragado, arrebatado, abduzido. Fui sem resistir, decidido e indefeso, despojado, desprotegido. Fui, segui. Foi a minha escolha, fiz a opção dos fortes e dos fracos, dos covardes e dos homens de coragem. Fui disposto a quebrar a cara, a pagar o preço, sem olhar para trás. Fui sem me despedir, sem dizer adeus, sem deixar uma carta, sequer um bilhete. Fui sem tomar banho, sem escovar os dentes, sem carregar comigo a saudade, somente a roupa do corpo. Roupa que se perdeu. Também o corpo. Escapei, fugi, me safei. Pura verdade partida, cortada ao meio. Ontem redigi, na areia da praia, em letras garrafais, a seguinte declaração, o seguinte documento, meu testamento: "Jamais houve, em nenhum período da história, algo que mereça ser chamado de EU". Eis o meu legado, a minha herança, o meu espólio, meu patrimônio, meus restos mortais, o único vestígio da minha passagem pelo mundo, pela vida, pela tua vida. Farsa, melodrama, tragicomédia. Saí, fui à farra, à festa, à celebração da liberdade, da perdição, do esquecimento, do anonimato, da indigência, do desaparecimento, da supressão de mim mesmo. Fui por vontade introduzido nas rachaduras do Nunca Mais, nas fissuras da não-identidade. Amalgamado, fundido, imiscuído no movimento, no trânsito, no fluxo do não-ser. Não ser é leve, sabia? Não dói. É bem melhor do que tentar, esforçar-se para ser um ser e fracassar, perdendo sangue, tempo e dinheiro. Mas não pense que não ser é sinônimo de não existir. Agora sei disso. Não ser é outro modo, outra forma de existir, é um existir sem existência, sem matéria, sem cérebro, sem coração, sem ego, superego, alma, inconsciente, céu ou inferno. Fui embora, parti, cheguei aonde não se chega, a um lugar onde não há terra, paredes, teto, chão. Fui, vim, e não me arrependo, já que não estou mais aqui. Não estou aqui nem aí, pois mergulhei, me lancei naquilo que não tem nome, me joguei na superfície, nos interstícios, nas profundezas do Nunca Mais. E o Nunca Mais nunca é menos, nunca é mais, nunca é demais. É sem medidas, cálculos, parâmetros. Está para além do pensamento, dos conceitos, das palavras.

XXXVII

Caminhar, correr, percorrer, girar, saltar, cair.
Ciclo, repetitivo ciclo. De novo, de novo, de novo,
até o novo renascer, nascer de novo, emergir
renovado, outro, o mesmo, outro de novo, e de novo...
Repetição, replicação, redundância. Ciclo repetitivo, circular. Rota, órbita planetária, rotação, translação. Sol e lua, noite e dia, crepúsculo,
aurora boreal: adoro essas palavras. De novo elas,
de novo belas, emolduradas no firmamento: *Firmamentum coeli*. Que expressão bonita. De novo me
vejo a contemplar a aurora, a me cobrir com ela.
Admiração, estupor, susto, medo, encantamento.
Fluxo de consciência, associação de ideias desassociadas, *brainstorm*. É isso o que a aurora provoca, produz em mim. Ora, por que nessas horas,
justo na hora da aurora, meu pensamento deságua,
desemboca, recai sobre crucifixos, instrumentos
de tortura? É tão estranho, esquisito. De repente
me dou conta de que sou átomo, matéria, uma forma
de energia senciente, um parasita, uma bactéria,
um verme a rastejar sobre a vasta superfície
do universo. Animal a dedicar seu escasso tempo
ruminando folhas, colhendo flores, roubando
frutas e mentalmente dizendo à própria mente que
pare, respire fundo, medite. "Pare, mente. Medite,
respire fundo". Mas a mente não obedece. Ela não
para. Teimosa, rebelde, insubmissa, ela me leva
a templos, torres, terreiros, santuários, ruínas. Através dela me deito sobre a relva, desenho
curvas, pinto deltas que se estendem para muito
além do horizonte. Redescubro, descubro de novo o

mundo, a vida, a morte, suas senhas, seus códigos secretos. E de novo me esqueço de tudo, para poder, talvez, redescobrir tudo de novo. É uma vitória, uma conquista saber que nada está garantido, que nada pode ser sabido, conhecido de uma vez por todas. Trabalho árduo, contínuo, repetitivo, redundante. Périplo da assunção, veio da anunciação. A vida se desmancha, derrete em minha boca. Tem o sabor de sangue, esperma, vinho. De novo costuro instantes de trégua, confecciono minúsculas partículas de paz, elaboro longas odes à guerra. Tudo calculado, feito com esmero, loucura, delírio, suspeição. Tudo conduzido sob o signo da promessa e do risco da ressurreição. Volta e meia ouço um alarme. De novo. É o sinal de que preciso voltar a partir de novo, de novo... Acabo de ouvi-lo agora mesmo. Vem do *Firmamentum coeli*. Já sei, já aprendi a lição. É chegado o momento de retomar a ação, o movimento. De novo, de novo...

XXXVIII

Caminho. E à medida que caminho, enquanto avanço
– será que avanço? –, choro, gargalho, descanso.
Também penso, reflito, medito, sonho. Às vezes
avisto a cruzar os céus longuíssimas caravanas
de estrelas e, na terra, bandos de saltimbancos,
crias circenses. Volta e meia tenho igualmente
tido o privilégio, a oportunidade de testemunhar fenômenos maravilhosos em sua singularidade, coisas como uma chuva de fogo, o tracejo
do invisível, uma orgia divinal, o nascimento de
um sentimento novo, o surgimento de uma felicidade até então desconhecida, nunca antes experimentada. Graças a acontecimentos como este,
tenho mantido o equilíbrio, a boa forma, o espírito quieto, sereno. Em parte alguma, em nenhum
outro recôndito da Terra, do mundo, por mais
iluminado que seja, seria possível conhecer tal
plenitude, tal ânimo, esse humor, esse gozo, esse
estado de alegria e bem-estar. Há momentos em que
posso ouvir o que acredito ser melodias celestiais. Agora mesmo ouço a melodia. Parece reverberar ao infinito, parece antecipar o entardecer
a melodia, parece anunciar o meio-dia a melodia.
É assim que, subitamente, de repente, como que
por encanto, surpreendo a mim no meio de multidões, de gentes. Me vejo cruzando com acrobatas e
palhaços, esbarrando em malabaristas, piromaníacos, ilusionistas. Todos me sorriem, e eu, em
troca, lhes retribuo o sorriso. É a nossa saudação, uma demonstração sincera de respeito e amizade. É também um ritual a simbolizar, comunicar

oficialmente que estou com eles, que me tornei um deles. É o atestado, a prova de que fui aceito, de que agora sou um membro, o mais novo integrante da trupe humana. Apertamos as mãos, nos abraçamos, confabulamos, distribuímos entre nós tudo o que temos para comer e beber: porções de fraternidade, fatias de afeto, gomos de irmandade, canecas de nobreza, tudo disposto em pratos e bandejas feitas do mais raro e precioso metal, do mais puro ouro. No entanto, uma vez terminada a ceia, é preciso invocar, com devoção e cerimônia, o silêncio, o sono. Precisamos nos deitar e dormir. Há muito trabalho a ser feito, temos uma longa viagem pela frente, um longuíssimo, talvez interminável caminho a percorrer. É por isso que devemos nos deitar e dormir. Temos de acordar cedo amanhã, temos de madrugar. Seguiremos, daremos continuidade à nossa jornada, seja sob chuva, seja sob sol, seja talvez ao som de uma doce melodia e sob uma caravana de estrelas a nos acompanhar, a nos guiar.

XXXIX

Semente. Broto. Caule. Folha. Flor. Raiz. Fruto, rebento bruto, rebentação, explosão, *big bang*, caos. O princípio, o verbo, o mito, o átomo, a matéria, a maçã no jardim. Da terra a seiva, o sumo, o soma, a larva e a lava, o vulcão, a tempestade, o vinho, o peixe e o pão, o rio, o deserto, o vento, o dilúvio, o furacão, o ocaso, o acaso, o sim, o talvez, o talvez não. Nascimento e morte, fogo fátuo, cinza, pó. Mãe, pai, filho, avô e neto. Genealogia, ancestralidade, sagrada progenitura, árvore da vida. Descendência, atavismo, criatura. Herança bendita, espantosa excrescência. Bendita seja a desordenada ordem cósmica, mágica, mística. Bem-aventurados os que até aqui chegaram. Bem-vindos sejam todos os que aqui morreram. Sou cada um deles, sou todos eles, sou um de vós. Sou o genitor que se compraz com o cair da chuva. Não é chuva. É o jorrar disperso e abundante, generoso e promíscuo da contingência. As lágrimas da avó igualmente jorram, juntamente com o suor do avô, seguidas pelo jorro do transitório. Tudo junto. E, junto a tudo, sou neto, filho, irmão, passageiro do efêmero, viajante do fugaz. Também sou mãe, a mãe que se encontra aqui-hoje-agora em estado de graça, sendo lentamente conduzida ao coração do grande Mistério. Nele acredita, no esponjoso, borrachudo, gosmento, opaco, cristalino, abstrato Mistério. Sou o bisneto, o menino que recebe de bom grado o fabuloso Mistério como se fora uma maravilhosa dádiva divina. O avô de repente é convertido em água, água que transborda, água derramada e que se evapora em direção aos céus. Sou a água, o vapor e o céu. Sou avó, avô, pai e mãe, filho, irmão, neto, o bisneto que no berço acaba de receber o sinal, anúncio do instante, do estar trôpego no mundo. No mundo que treme. É milagroso, é sublime ver todos os eus-nós-vós do universo dividirem-se prazenteiros, multiplicarem-se, gratos pela brevidade das coisas, sabendo-as todas filhas, frutos daquilo que nos concebe, que nos pare e nos devora: criaturas-frutos do grande Mistério. Sou semente, raiz, folha, fruto. Sou nascimento e cemitério. Sou avó, avô, pai e mãe, filho e irmão, neto e bisneto do grande Mistério da criação.

XL

Finjo, simulo, dissimulo, escondo, oculto, trapaceio, minto. Performo, exagero, dramatizo, faço chantagens, forjo choro e lágrimas, teatralizo. Faço tudo isso sem contudo faltar com a "verdade". Foi o jeito que encontrei de me expressar, de dizer, de me comunicar. Somente assim consigo viver. Somente assim posso viver só. Represento e, desse jeito fraudulento, atuado, sou no mundo introjetado através de seus orifícios, de seus buracos. Esfíncteres do "mundo como vontade e representação": palco, tablado, estúdio, set de filmagem, locação, abrigo, refúgio, esconderijo, *bunker*, átrio, artéria do meu coração (coração peludo, coração de pedra), da minha sobrevivência. Invento, crio coisas, lugares, imagens, eventos, realidades, situações, pessoas, abstratos acontecimentos sinérgicos, fictícios, fantásticos, fantasmáticos. Vivencio tudo, sinto tudo, em tudo acredito. É assim que todo dia, a cada dia, cada vez mais, me torno um ente, um ser vivente. Não posso banalizar, não me é permitido subestimar a importância, a força, o poder, a necessidade dessa escalada – estratégia, maquinação, travessia. Transito por meio de truques, atravesso o passageiro, trato de aperfeiçoar simulacros, tapo rombos, remendo fissuras, rachaduras, preencho formas vazias, insiro cores no incolor. Me desintegro, retorno ao grau zero da criação. Planejo, arquiteto possibilidades, faço promessas. Prometo ao mundo o advento de novas utopias, anuncio o nascimento de uma nova humanidade: fluidos, óvulo, feto, larva, sangue, carne, órgãos, corpo. Tudo novo. Posso voar, digo. Posso voar, repito e não minto. Tampouco te conto, meu amor. Recuso-me a dizer-te toda a verdade. Não posso me entregar revelando tudo. Não posso oferecer tudo de mãos beijadas quando as tenho assim grossas, feridas, calejadas. Exagero, minto. Quero mentir sossegado, em paz. Quero estar aqui indo além, estar não estando. Quero abraçar o paradoxo, dançar com ele, sussurrar obscenidades ao pé do seu ouvido, roubar sua carteira e sorrateiramente fugir, sem deixar para trás nenhuma pista, nenhum vestígio, nenhuma prova comprometedora. Sem deixar para trás sequer, como isca, como armadilha, meu sapatinho de cristal.

XLI

Meu amor, é preciso esquecer. Esquecer para poder seguir em frente, para continuar na busca, para descobrir, redescobrir, para (re)encontrar. Quem? O quê? A liberdade, a felicidade, a beleza, a verdade, a sabedoria, a vida, a ti? Sim, talvez. Talvez não. Quem sabe? Só sei que é preciso esquecer. Esquecer é uma necessidade básica, um dever, uma regra, uma lei, um imperativo, um axioma da natureza. E porque assim é – necessidade, dever, regra, lei, imperativo, axioma –, eu não era eu antes de hoje. Não era antes, não sou agora, não fui durante, não sou depois de hoje, de amanhã ou depois de amanhã. Sou um eu não-eu, um anti-mim vindo ao mundo numa data incerta, num horário impreciso, num local desconhecido. Vim ao mundo no pretérito do presente, no passado do futuro. Fui, seria, hei de ser. Sou, não sou. Não, nada não seria. Não serei. Não posso ser quando já fui, quando estou sempre nunca sendo. Estou sempre nunca sendo, estou sempre nunca sendo, estou sempre nunca sendo... Fluxo, refluxo, contrafluxo, ação e sua negação. Mão e contramão, sim e não. É preciso esquecer, desaparecer, sumir. É preciso ir, ir, ir, indefinidamente ir, ir e não ter, nunca possuir, jamais ser. É preciso esquecer, descartar memórias, cancelar saudades, burlar o tempo, trapacear no jogo com a vida, dar uma rasteira na morte. Estou viciado em quebrar espelhos. Passo horas borrando reflexos. Levo dias desconstruindo ventos. Me divirto fazendo e desfazendo imagens, corpos (o meu, o teu, o de um outro qualquer, um outro avulso, anônimo). Queimo roupas e papéis, declaro guerras, cavo trincheiras, lidero levantes, rebeliões. Desarmado desisto. Novamente armado retomo o combate. Terrorista, clandestino, marginal, *outsider*. Adentro campos minados, herméticos. Quadrado, percorro círculos de aço incandescente. Congelado, me abro para arsenais de fogo. Sou atingido, alvejado, ferido. Convalesço, me recupero, me curo. Ultrapasso, supero, volto, sigo adiante. Procuro outros desafios, descubro novas armadilhas, esbarro nas pregas da eternidade – cruel madrasta do tempo, noviça rebelde – e me esqueço. Esqueço porque é preciso esquecer, porque é preciso não lembrar desse dever – necessidade, regra, lei, imperativo, axioma. É preciso esquecer para lembrar, para seguir adiante, para prosseguir na busca, para encontrar e não achar, para encontrar e logo depois perder. Perder... Quem? O quê?

XLII

Pedras. Por onde ando, pelos caminhos que percorro, por onde meus pés me levam, para onde olho, só avisto rochas, só encontro pedras. Pedras encobertas pela areia, afagadas pelo vento, banhadas pela chuva, queimadas pelo sol, molhadas com as águas de um rio, polidas pela ação do tempo. Assim tem sido nos últimos dias, nos últimos anos, nos últimos séculos e milênios. Assim tem sido desde o princípio, desde a primeira era glacial, desde a Idade da Pedra. Caminho, paro, descanso. Procuro abrigo sob, sobre, entre as pedras. Entro em grutas, me enfio em cavernas. Dentro delas encontro outras pedras. São muitas, são tantas... Algumas foram usadas como armas, outras como utensílios domésticos. Com algumas produziu-se fogo, outras prestaram serviços à arte e aos deuses. Ultimamente, desde os primórdios da pré-história e da história humana, as pedras têm sido minhas mais fiéis companheiras. Tenho aprendido muito com elas. Com elas venho recuperando, reavendo, readquirindo a consciência por tanto tempo perdida da minha primitividade. Com seu silêncio, do alto de sua quietude, de sua discreta sabedoria, elas me ensinam a linguagem da Natureza, me iniciam na antiga e rejuvenescedora alteridade. Modéstia à parte, tenho tido um desempenho digno de nota, pois, vejamos: a) já consigo adivinhar algumas das artimanhas do tempo; b) memorizar alguns passos da coreografia cósmica; c) contemplar com um olhar mais acurado o inchar das madrugadas; d) localizar mais facilmente tufos de constelações; e) captar com maior destreza a loquacidade das ventanias; f) a gaiatice das estrelas; g) a candura das brisas; h) as adiposas curvas da lua; i) a flacidez dos mares; j) o frescor dos lagos; k) a timidez dos animais; l) a nudez das frutas; m) a poeira a flanar com sua esplendorosa volúpia etc. Já logrei não apenas observar os intestinos das coisas, mas delas participar, e de uma forma tão radical que a fronteira entre mim, as pedras e todas as criaturas já foi praticamente superada, dissipada. Sei que é difícil para ti compreender o que digo, já que se trata de um fenômeno, de um espetáculo indescritível, inominável, ininteligível para ti, com tua racionalidade imbatível, inegociável. Porém eu compreendo, pois o sinto, o vivencio. Sou prova e testemunha disso. Somente os que foram iniciados pelas pedras entenderão. Tu não foste. Eu, sim.

XLIII

Dei à luz, pari, concebi. O quê? A princípio o rebento não tinha nome. Batizei-o então de Absoluto. Assim, já não será enterrado como pagão. Foi gestado, parido e devidamente batizado. Cumprido o rito, ergui a cria, retendo-a em meus enfraquecidos braços. Coloquei-a em meu duro colo, frio, gelado. Amamentei-a com meus caídos, emurchecidos seios. Uma vez alimentada, nutrida, a esganei. Entreguei-a como despacho, como sacrifício. Não se assuste, não se revolte, pois o que te digo tem se repetido *ad nauseam, ad infinitum*, desde sempre, a cada dia. Todos os dias gero, abraço, abarco, agarro com carinho, afago com amor e cuidado o Absoluto. Depois o destruo, o destroço com minhas mãos, com meus dentes. Mato o Absoluto reinserindo-o em meu ventre. Desse modo guardo, detenho, volto a possuir o estropiado Absoluto. Porém, rebelde, teimoso, danado, Ele insiste em se esvair como fumaça, como areia fina, como água cristalina por entre os meus dedos. Odioso fruto, detestada cria. Conquista que não existia antes de existir. Cresce, se expande, se agiganta como uma criança monstruosa: Caim, Judas, Lúcifer, Frankenstein, Joseph Merrick. Delírio, luta, peleja, contenda, guerra. Agonia, estado de loucura, de perversão, de depravação, de crueldade. Nascido e trucidado, o Absoluto é o inverno, a passagem, Sade. Epifenômeno a fazer de mim um punhado de fragmentos, pedaços, escombros, ruínas, frangalhos. Fez de mim primeiramente mãe, depois filha. Depois cadáver devorado pelo recém-nascido esfomeado. Vaca, cadela, leoa, coruja, aranha, serpente. Também nasci, fui dado à luz. Recebi o nome de Cidade Invadida, Sitiada, Depósito, Local de Descarte: de fortalezas, faróis, monumentos, torres bizantinas, mosaicos líquidos, de tudo o que envelheceu no mundo, tornando-se obsoleto, inútil, sem valor. Restos, sobras de santos e ídolos. Repositório, berço e túmulo. Fui liberto, escravizado, mortificado. Intercurso, incesto, fusão. Tremo, gozo. Tenho febre, depressão pós-parto. Creio, descreio, crio e recrio o presente. Num ímpeto, num movimento repentino e brusco, o Absoluto me conduz para o além que se foi, elevando-me a um estado de bem-aventurança póstuma, no qual finalmente encontro a espessa nascente da nonagésima morte, onde me banho pela última e primeira vez. A profecia assim se cumpre, segundo as sagradas escrituras, conforme fora posto no Velho e depois reposto no Novo Testamento.

XLIV

Seria aquele que rema, aquele que daqui avisto
– o gondoleiro –, o desalmado, o desvalido, o des-
possuído, o outro que não mais ouso chamar de
eu? Seria outro aquele solitário eu a remar em
silêncio, a lentamente deslizar sobre a superfície líquida, quase sumido, mergulhado na neblina
de uma manhã molhada e fria? Ele, aquele outro,
aquele antigo eu a remar, sozinho e triste, ainda
acredita nos deuses e no que dizem os oráculos,
em salvadores e na sua infinita misericórdia?
Será que ele ainda ama os tiranos? Será que ele
ainda ama, remando? Olho para ele com um olhar
fixo, lascivo, quase obsceno. Espreito, observo,
perscruto, até dar-me conta, senhor, de que aquele
que rema, absorto e copado, débil e vago, ainda
sou eu. Um eu-nenhum, um zé-ninguém, um eu-ma-
nada. Galão de átomos, dinamite, bomba-relógio,
gasolina, querosene. Um eu-nulidade perdido no
meio do mundo, esquecido no tempo, presente na
lonjura, imerso na ausência. Juro que aquele
eu-multidão que corta o canal já teve um nome
próprio. Juro que aquele eu-indigente já teve
um emprego, um lar, uma família, uma infância,
tudo. Juro que ele teve tudo, tudo que já não tem
razão de ser, tudo que não tem mais razão, tudo
que está perdido, tudo que já não. Aquele outro
que rema – o gondoleiro – não escreve mais para
ti, não escreve mais. Não escreve. Estas palavras
desconjuntadas, portanto, estas linhas tortas,
esses rabiscos, esses garranchos, não sei quem os
escreve. São miragem, ilusão, fantasia, desapa-

rição, ópio, cicuta. Aquele que rema – antigo eu, ainda eu – pode morrer de fome, pode morrer de sede, pode morrer do coração. Sim, posso morrer a qualquer momento, a qualquer hora. Posso morrer agora. Daqui o vejo, de onde estou o assisto: cabisbaixo, fechado, isolado, remando em câmera lenta. Aquele que rema de repente para. Pairo ereto, de pé, sobre o piso da gôndola que, por seu turno, por sua vez, mantém-se igualmente quieta, parada, serena, inanimada, sobre as águas do canal. Qualquer um poderia caminhar sobre elas. Não seria um milagre percorrer caminhando aquela espessa estrada de leite, iogurte, sorvete, sopa quente. Aquela criatura múltipla, cerrada e oca – outro, outro eu, Hades, Caronte? –, fortaleza feita de areia e vento, é paisagem, retrato, escultura, estátua, memória, vazio, vastidão, paz, solidão, saudade, melancolia, amor, vida, morte e o seu oposto, o seu contrário.

XLV

Manhãs, tardes, noites. Brumas, litanias, transbordamentos. Réquiens, odes, elegias. Jornadas sem âncoras, sem cordas, correntes ou coordenadas. Mastigar, triturar com os dentes armários, amarras, grades, gaiolas, jaulas. Devorá-las, engoli-las com as águas das enchentes. Inundações. Saio, disparo: míssil, flecha, bomba, beijo, lança, bala, esporro, adaga. Subo, desço, rastejo, deslizo, caio. Crateras se abrem. Rombos, buracos. O crocitar dos corvos. Abutres, urubus, hienas. Estrelas rasgam o céu como armas de guerra. Apocalipse, Armageddon. Sinto o sabor do outono, o odor do mundo e dos submundos. Esnobo anjos de além-túmulo, flerto com demônios brandalhões. Banqueiros, banquetes, empreendedores, homens de negócio, líderes globais, influenciadores digitais. Burburinho de libélulas, formigas, abelhas, traças, gafanhotos, cupins. Erosão, interioridade implodida, Adão em frangalhos, evaporada Eva, despojos de Caim, Judas enforcado. Cataclismos, tsunamis, tempestades. Colinas, colunas, eclipses, poentes, auroras. Precário firmamento. Nada firme. Fugaz, tudo efêmero, tudo treme. Bandido, criminoso, parricida. Fujo, corro, tento escapar, procuro me esconder em algum recanto do sistema solar. Galáxias em rota de colisão. "Ninguém passou por aqui, ninguém jamais esteve aqui onde estou agora". Penso, quero acreditar. É meio-dia na metade da noite. *Vargtimmen*. Transeunte. Transgressor. Marginal de altíssima periculosidade. Capitalista, burguês. Não sou o único.

Metrópoles, passistas, passantes, pedestres, multidão nas ruas, imóveis automóveis, autômatos, robôs, cérebros artificiais. Chamas, enxames. Brasas, faíscas, sinais: acesos, abertos, fechados. Invisível, desempenho o papel do desaparecido. Anônimo, sou o nome procurado, o homem perdido. É uma galhofa. Onde estás? Regurgito finuras, firulas coreografadas. Tiro ao alvo. Alvo: Mandala. Bebo vinho, inalo ópio. Degusto o desgostoso gosto do suco, do caldo, do sumo, da seiva, do corrosivo ácido, do absinto. Me banho, me perfumo, me penteio, me arrumo, pondo terno e gravata. Me exponho, me alugo, me vendo. Preâmbulo, introito, prefácio. Tráfico, trapaça. Sou a peste, a praga, a ferida aberta, a chaga, a rachadura, a falha. Sou a mancha, a marca, a mácula oculta na periferia do olho do universo. Firo, me firo. Preciso ir, prefiro assim, prefiro sim, prefiro não.

XLVI

Voltar, retornar, regressar, regredir, revir. Todo tempo, toda hora, todo dia. Todo tempo, toda hora, todo dia. Tic-tac-tic-tac-tic-tac... Ponteiro de relógio, horários, folhas de calendário. O tempo passa, o movimento se repete. Tic-tac-tic-tac... O tempo todo, toda hora, todo dia. Voltar, regressar, retrosseguir. Retornar, retornar a si, retornar a mim, retornar a ti. Todo tempo, toda hora, todo dia. Tic-tac-tic-tac... Sempre. O que vem a ser isso? Por que tem que ser assim desse jeito? Qual o sentido disso? Automatismo, acomodação, apego, amor, falta de amor-próprio? Amor-próprio? O que vem a ser o amor? É coisa de comer? E próprio? Próprio só me faz lembrar de propriedades, patrimônios, terras, imóveis, bens materiais. "Bens materiais"? Que expressão mais engraçada. Amor. Não sei o que é. Será que é um doce, daqueles que derretem na boca como rapadura? Coisa doce e dura. Daqueles doces que saboreamos com satisfação, com um prazer tal que nos faz até fechar os olhos enquanto o tamborilamos com a língua encharcada de saliva. Pensar no amor como um doce me faz perder o sono, faz endurecer partes do meu corpo frágil e flácido. Mas pensar nesse doce também me leva a recobrar a consciência do que a mim e em mim me falta. Pensar no amor me faz lembrar de sua ausência, isto é, da ausência do amor e da tua ausência. Então volto, retorno, regresso, regrido. Volto a ouvir um quase silêncio. Quase, porque escuto em pensamento o ponteiro de um relógio a mover-se, ao contrário de mim. Tic-tac-tic-tac… Retorno ao vazio, retomo a estrada de pedras, revivo os íngremes caminhos que tive de percorrer até alcançar elevadas montanhas. Então o que era doce de repente se esvai. "Felicidade foi-se embora e a saudade no meu peito ainda mora e é por isso que eu gosto lá de fora"… Lá de fora. É preciso ir para lá, voltar, retornar. Para ter certeza de que ainda existo. Ei, por acaso tu te lembras de mim? Sabes que ainda existo? Sabes? Talvez não. Até eu mesmo duvido. Até Deus duvida. Deus? O que vem a ser isso? Será coisa de comer? Deus é como o amor? Não sei, não o conheço, jamais o encontrei na vida. O que encontrei é o que encontro agora. Amargor, ausência. Tic-tac-tic-tac… Bom, acho que já é hora de voltar. Como todo tempo, todo dia, toda hora. Voltar, retornar, prosseguir, revir. Talvez eu termine por encontrar o amor, descobrir seu real sabor. Talvez eu acabe cruzando com Deus. Quem sabe? Talvez sim, talvez não. Tic-tac-tic-tac-tic…

XLVII

De novo ele. De novo o mar. Um mar antigo, um
mar novo, um mar outro. Sobre ele o azul, o sol,
o vento. Do seu ventre o sal, as ondas. Do encontro do mar com o ar a acidez da maresia. O vento
faz soprar o mar em minha direção. Assim agindo,
o mar vem até mim, trazendo consigo a força, a
energia, as delicadas e invisíveis mãos que moldam, esculpem, de novo e a cada vez, o meu rosto,
o meu corpo, a minha alma. As correntes de ar que
pelo mar navegam encontram, descobrem, exploram
as sucessivas camadas (novíssimas, arqueológicas, pré-históricas) dos seres que fui nessa e em
outras vidas, nesse e em outros mundos. Estremeço,
me arrepio, convulsiono no contato, no intercurso
com a atmosfera. Sou chamado. Então me debruço,
me deito sobre as águas do mar. Mergulho, me
enfio todo; meto tudo, até o talo; vou fundo, de
corpo inteiro, nas curvas, nas dobras, nas carnes,
nos músculos, nas vísceras das águas, naquilo que
elas têm de mais íntimo, de mais oculto. Vou com
força, vou com tudo até nelas me fundir, até nos
tornarmos uma coisa só, a mesma coisa. Acordo,
pacto de sangue, irmandade, fusão incestuosa.
Adentro o mar como se estivesse em trabalho de
parto, como quem está prestes a nascer. Sou um
rebento de prismas incrustado na envergadura
do que flui. Infância, velhice. Me lembro de uma
época em que me fiz presente na figura de um
menino. Fui um menino, sim. Foi assim: era uma
vez um menino que brincava e que não sabia o que
era ser triste. Vai longe o menino, que voa alto,

que voa solto e que já não posso alcançar. Aquele menino era eu, meu deus. Aquele menino era eu. Que pena, vai longe o menino, muito longe. Ele se foi. E eu me fui com ele. Sou agora outro, um outro que sou eu. E eu movo a mim, de novo. E novamente entre as ondas me movo, nelas me diluo, me dissolvo, me fundo. Lá dentro, bem no fundo. Sou o passado, o que acaba de vir à tona seguindo na contracorrente, na contramão, no encontro e no desencontro de um afluente, de uma nascente, de um matadouro. Assim se concebe um destino, uma vida, um mote que pilheria. Estou me tornando uma orquestração de ondas. Está acontecendo justamente agora, nesse exato momento. E olha que já fui um menino, um garotinho tolo, quase tão tolo quanto sou agora. Um menino que com o vento foi-se embora, levado por outras correntes, por outras ondas. Não deveria ser assim. Ou deveria? Mar, vento, movimento, devir. Suave fragrância, agridoce sabor. Mar, maresia, saudade, aleluia, elegia.

XLVIII

Eu não poderia ser poeta, profeta ou xamã. Eu
não poderia ser músico, cantor, bailarino, pintor,
artista. Eu não poderia ser rei, rainha, servo,
escravo, mártir, santo ou anjo do senhor. Eu não
poderia ser ninguém sem ser – em essência, no
cerne, no fundo do ser – um infeliz farsante,
um impostor. Eu não poderia ser. Não posso ser.
Estou destinado a não ser. Essa é a minha natureza. Necessito agir, estar, transitar, atravessar,
fugir, me mover, viajar, subverter, transgredir.
Preciso estar e não me acomodar no estar. Preciso estar sendo e logo não estar. Preciso chegar
e não parar. Não posso parar, nem que para isso
tenha que arrancar pedaços de mim, me picotar,
me recortar, espalhar as partes, juntá-las novamente, embaralhá-las, triturá-las, mastigá-las,
dissolvê-las, engoli-las e depois cuspir os restos,
as sobras, os fragmentos embebidos em sangue. Às
vezes, enojado, enraivecido, sequer engulo, apenas regurgito o miolo, a massa informe. O que sou?
Sou o estar, sou o estou. E quando estou, estou
nada, ser e nada, ser e tempo. Só um, falange,
legião. Vivo e morto, bicho e homem, híbrido sem
rosto, soldado desconhecido, louco, galinha e ovo.
Estou o mais e o menos, cada vez mais menos. Cansado, exausto, exaurido, farto de estar. Quero o
não estar não estando. Quero tomar uma superdose, uma overdose de invisibilidade, de imaterialidade, de inexistência. Quero o dispêndio,
a dispersão, a dissipação, o extravio, o vazio, o
antivazio, o contrário do antivazio, o contrário do

contrário do contrário. Quero o não do sim, o sim do não. Não quero sim, não quero não, não quero e quero o não querer. Contraponto, contragolpe, contragosto, contramão, contradição, afirmação da negação, negação da afirmação. Quero o jogo, o riso, a brincadeira. Quero a ação, a resistência, a revolta, a reação, a revolução. Quero o infinito, o inominável, o indizível, a multiplicação do zero, da divisão; a subtração, a matéria escura, a antimatéria, a renúncia, a libertação, o fim do desejo, o fim do fim do desejo, o barco ébrio, o rizoma, o objeto voador não identificado, a escassez, o excesso, o luxo, a fome, a superabundância, a náusea, o sono, o silêncio, o corpo sem órgãos, a pista perdida, o vapor da água, o fogo, a fumaça, o que se foi, o que partiu para muito longe sem jamais ter ido, o que pensou que ao fugir estaria escapando de ti, o que esqueceu que ao tentar escapar na verdade queria mesmo era achar, o que...

XLIX

Adentrei... Não, invadi. Invadi um prédio, um
edifício, um salão. Museu, galeria, pinacoteca,
labirinto, biblioteca, palácio dos imortais? Não
sei. Só sei que era um espaço, uma edificação de
aspecto tão sombrio, tão assustador. Aparentemente abandonada, entregue às traças, aos cupins,
aos ratos, às baratas, aos larápios. A impressão
que eu tinha era a de que estava localizada num
lugar afastado da área central de uma cidade.
De qual cidade? Berlim, Praga, Viena, Budapeste?
Tampouco sei. Mas sei que o invadi. O fiz como
um vagabundo, um sem-teto, um ladrão. Adentrei
o espaço, à revelia de qualquer pessoa, indiferente à ira alheia. Haveria outros como eu ali? Se
havia, deviam ser fantasmas, almas penadas, morcegos, vampiros, zumbis. Depois acordei com vontade de urinar. Depois voltei a dormir. Daí voltei
a sonhar. Sonho. Qual o sentido dos sonhos, quais
os seus possíveis significados? Querem dizer,
comunicar, anunciar alguma coisa? Dr. Freud, por
obséquio, se não for pedir-lhe muito, decifrai,
traduzi para mim assim, bem di-da-ti-ca-men-te,
o significado dos sonhos. Seriam a realização
de um desejo, a resolução de um medo? E de que se
alimentam os sonhos, para que trabalham? Pulsões, chistes, recalques, transferências, traumas,
taras... Despertei, apenas para mergulhar noutro sonho. Vislumbres, equimoses. Uma fortaleza
convertida em cemitério. Nele jaziam os corpos de
homens, quase todos tão jovens, praticamente adolescentes, trucidados em combate. Milhares, deze-

nas de milhares de corpos, cadáveres, esqueletos. Outro sonho. Fragrância de fios e metais. Canto de fadas. Ondulações de tigres. Serafins. Janela emoldurada em ouro, através da qual contemplo andorinhas a voar, um ensolarado céu, a relva gris... Maravilha, uma extravagância acetinada. Estou firme, seguro, duro, ereto. No interior de outro sonho, de alguma maneira que não consigo explicar, posso ver tudo, tudo, tudo. O mundo mergulhado em prazeres laboriosamente tramados. Louvores, divinas bacanais. Cor e luz, preságios. *Breve romance de sonho.* Noites, olhos rútilos, pupilas dilatadas, pulsos rasgados. *Les exclus de l'amour.* Último representante da sétima geração. Primeiro ponto do traço zero. Morte do condenado. Alma do mato. *Meng.* Disco de orações. Supermercado na Califórnia. Tentação de Santo Antão. Gradiva. Fogo de Gomorra. Abro os olhos. Outro sonho. Desperto. Sonho. Pesadelo. Não acordo mais.

L

Promovi guerras, incendiei campos e florestas, devastei províncias inteiras, saqueei tesouros, enganei o povo, dizimei nações. Agi como déspota, facínora, tirano. Invadi e subjuguei cidades, países, continentes. Movido pela brutal sanha dos imperadores inchei, me distendi, me dilatei, me consumi. Cego pela ganância, pela ambição, pelo poder, profanei deidades, blasfemei, menti, traí. Tudo em vão. Em vão, pois terminei meus dias miseravelmente isolado, doente, vazio, somente casca, só o pó. Findo o meu período de glória, caí abandonado no deserto. Por quanto tempo: quarenta dias, quarenta anos? Não sei, já não me lembro. Porém me recordo dos sofrimentos de que padeci e de toda sorte de privações que tive de enfrentar. Humilhado, desesperado, revoltado, por incontáveis vezes roguei a um deus qualquer que enviasse a mim um diabo desocupado, incumbido unicamente de me tentar com a promessa de riqueza e vida eterna. Eu aceitaria de bom grado. Juro que eu cederia à tentação mais torpe, à mais ultrajante oferta. Por quê, para quê? Não encontro resposta para nenhuma das perguntas que dirijo a mim. Mas hoje o que realmente importa, agora que estou do outro lado das coisas, é que tendo a pensar que o castigo a mim impingido foi dos mais brandos. O destino foi generoso, benevolente demais comigo. O fato é que, aqui no pavilhão para onde fui levado, minha ocupação consiste basicamente em dedicar-me a escavações sem fim e a confeccionar esculturas de pedra ardente, gelo e areia.

Tem sido um bálsamo viver com a consciência de que nada perdura. Absolutamente nada. É isto o que permanece, o que continua. A vida é breve, frágil e nua. É como a promessa do amor, é como o futuro e o passado. É como a ilusão do eterno, do infinito. É como a pobreza, a derrota, o fracasso. É como eu, é como tu. "Que gosto esse do Tempo/ De estancar o jorro de umas vidas", escreveu Hilda Hilst. Que gosto esse do Tempo? Que jorro este da vida? A propósito, como tens vivido, como tens passado?

LI

Celas, cárceres, masmorras, gaiolas. Templos, igrejas, conventos. Clubes, asilos, hospícios, hospitais. Escolas, escritórios, shopping centers. Confinados, presos, protocolados, enquadrados. Quadrados redondos, triangulares. Sobrevivendo. A vida é uma sobrevida. Enfermos, condenados à espera da sentença a ser cumprida, aguardando o dia da execução. Assim é, ainda que se possa viajar para o espaço, para a lua, para Marte ou para a morte. Ainda que possamos voar, velejar, desbravar céu e mar. Capturados, cativos, enclausurados. Nós, todo mundo, todos nós, qualquer um. Não escapa nenhum, não se safa ninguém. Caça aos homens de bem. Perseguição aos ditos "espíritos livres". Rebeldes vigiados, seguidos, pegos em flagrante delito, torturados. Divina comédia. Maldita comédia humana. Burlesca colmeia humana. Tragicômica, mediana. Vixe, Maria! Aconteceu! Aconteceu agora mesmo! Acabei de ver, não com os meus próprios olhos, mas com os olhos de outrem. Uma mulher acaba de se lançar nas águas de um rio. Eu vi. Juro que vi agorinha mesmo, nesse exato instante. Eu vi, acabei de ver. E sei que ela não teve escolha. A mulher não teve escolha. Ela simplesmente ouviu o chamado, recebeu a ordem. Estava na hora, era chegado o momento. Isso me faz lembrar do episódio que alguém me contou de um homem que bebeu cicuta. Ele tomou cicuta e depois morreu. Morreu para não morrer, morreu para não ser morto. A mulher do rio também me fez lembrar de um outro caso. Segundo me disseram, um sujeito construiu um palácio. Até aí tudo bem, nada demais. Afinal, qualquer um pode erguer um castelo para si. Acontece que, no palácio da história que ouvi, qualquer pessoa podia entrar, porém, uma vez lá, ninguém poderia mais sair. Jamais, nunca mais. E mesmo que pudesse, ninguém sairia. Ninguém fugiria. Ninguém fugiria como eu fugi. Fugi, fugi para bem longe. E agora, onde estou? Estou aqui, como todo mundo, como qualquer um. Cercado, encurralado, privado de liberdade. Mas às vezes me dão permissão para ver a luz do sol, para me banhar com a luz e o calor do sol. Que bênção. Glória a Deus nas alturas, amém, aleluia! Às vezes até me permitem assistir ao noticiário na tevê. Até me dão água e pão. Me sinto acolhido como se dentro de um útero ou de uma aconchegante casa materna. E então, quem de nós dois se saiu melhor na vida? Quem de nós dois tomou o rumo certo? Esse negócio de "rumo certo" existe mesmo? Agora me lembrei de papai, de Papai Noel.

LII

Espelho d'água. Água viva. Nela deparo com um reflexo. Procuro decifrá-lo, tento reconhecê--lo. O ser, ser eu, sereia, medusa, esfinge? Perto de mim, algo se move. Desvio o olhar, me distraio. Quando me volto, volto a olhar para o reflexo, para a imagem: miragem, miração. Gentio, pagão, selvagem? Fecho e reabro os olhos. E o que vejo? Um autóctone, um aborígine, um bárbaro? Um alienígena, um antepassado exótico? Curioso, intrigado olho, olho detida e fixamente. Qual a identidade da figura, do personagem, da criatura que se me apresenta nesse retrato líquido, nesse quadro efêmero, nessa tela que dentro em breve haverá de evaporar-se com a avassaladora quentura do sol a despontar nessa manhã tão vasta? Um estranho, um desconhecido, um estrangeiro, um intruso, um invasor, uma visita inesperada, um forasteiro? Um outro "outro", um outro "eu"? Aqui cheguei, aqui estou. Onde? Na extremidade oposta de mim. Observar outro "eu" assim, tão próximo e tão distante, é de uma solidão tremenda. Eu: antípoda, antônimo, contrário de mim mesmo refletido num espelho d'água. Água a jorrar de uma fonte, de uma nascente, de um gêiser a cuspir vapor de fogo. Amor de uma vida inteira, é preciso que tu continues sendo tu, e que eu ainda seja eu, digo para mim e para esse "outro": inimigo, rival, oposto, irmão gêmeo, siamês, tu. Pois um pouco de nós tem sido deixado em cada canto, porto, aeroporto, praça, rua, esquina, posto, quarto de motel: fragmentos de pele e unhas, fios de cabelo, pegadas, digitais; vestígios de saliva, suor, fluidos; prazeres, vontades, memórias, pulsações. Eu e o "outro", o outro "eu" recém-nascido, copulamos, procriamos, nos multiplicamos, geramos uma família enorme. Tornamo-nos simultaneamente a unidade e o múltiplo, par e ímpar; pai, mãe e filhos; o ancestral primeiro, o rebento mais remoto, mais longínquo; alter ego, heterônimo, amante, algoz. A seguir assim, caso as previsões se confirmem, chegará o dia em que seremos um só: um sendo somente um. Único, uno, 1. Será um dia a-histórico este, extemporâneo, no qual não haverá mais espaço para separações, despedidas, divisões. Nesse dia sem tempo prescindiremos de corpos, gozaremos sensações e sentimentos que ainda não foram inventados, desconheceremos dores e frustrações. Seremos tão plenos de felicidade que não teremos um nome para dar a ela. Seremos em síntese, em suma, o Absoluto, o Nada, o Nirvana, o Não-Ser, o

LIII

Tempestade. De areia? Não, não é uma tempestade
de areia. Chove, chove torrencialmente. Se se
confirmarem as previsões meteorológicas, essa
chuva deverá durar muito tempo. Quanto tempo?
Dará trégua essa chuva? Não se trata de uma
chuva comum, de uma chuva qualquer. O noticiário está omitindo alguma informação. Sinto algo
a mais pairando no ar, algo que não está sendo
dito. O quê? Por quê? Querem evitar o pânico cole-
tivo, êxodos, diásporas? Já disse que não é uma
chuva comum. Sei disso, pois ela cai sobre mim.
Não chove água, não chove neve, não chove areia. O
que me cobre, o que reveste meu corpo nu são cinzas. Cinzas! Cinzas de quê? O que está queimando,
o que está sendo consumido pelas chamas? Árvores, matas, florestas, lixo? Corpos, pele, órgãos,
ossos? Almas, corações, vidas, memórias? Chovem
cinzas. Cinzas de que tu e eu fomos feitos, moldados, esculpidos. Cinzas do passado e do futuro,
cinzas de sonhos, cinzas do destino, cinzas do que
viria a ser. Cinzas do que não veio, do que não foi,
do que não será mais. Chuva ingente, inclemente,
descomunal. Procuro abrigo, tento me proteger.
Procuro, tento, porém em vão. Estou coberto de
cinzas, pó espectral, lágrimas farinadas, sangue desidratado. Não quero, não gosto, mas tenho
de aceitar. Afinal, é um fenômeno meteorológico,
capricho da natureza, lei cósmica, universal.
Não adianta querer ou não querer, temer ou não.
É um acontecimento, é um fato, é. Não há por que
sofrer com isso, não faz o menor sentido comprar

uma briga com a Natureza. O que me resta então é ser inventivo. A partir das cinzas poderei fazer um chá, uma farofa ou uma canja bem quentinha e cremosa. Poderei confeccionar um vaso ou uma tigela; uma parede ou uma moradia nova. Que tal? O que mais me resta a fazer? Talvez me entregar a recordações. Posso me lembrar de um tempo em que chovia uma chuva normal, uma chuva com a qual eu adorava me banhar nos doces e dourados anos da minha infância. Não eram chuvas de cinzas como essa de agora, eram chuvas molhadas e refrescantes, que encharcavam minhas roupas, colando-as no meu diminuto corpo de menino. Era delicioso, era a cume da felicidade. Era sentir o extraordinário no ordinário da água, da chuva. Júbilo, êxtase, alegria, o deleite maior. Gozo clandestino, quase proibido. Mas isso foi no passado. Agora sou banhado por uma chuva de cinzas, cinzas de que tu e eu somos feitos. O que me banha agora é feito de minha própria matéria, de minha própria natureza.

LIV

Jamais fruí, gozei, me regalei tanto como agora. Não tenho como descrever, traduzir o que ora experimento. É pessoal, é íntimo demais. O que sinto, o que tenho vivido é inalienável e intransferível. É um fenômeno, um acontecimento, uma coisa que simplesmente se dá no âmbito do toque, do tato, na superfície da epiderme, na geometria do corpo, na geologia de camadas mais profundas, na teosofia da alma. Está no domínio dos sentidos, na dimensão do sinestésico. E está para além, vai muito além disso. Palavra alguma alcança, vocábulo nenhum atinge o alvo, o fulcro, o centro, o ponto exato da coisa, do "it", como diria C. Lispector. Já tentei, por meio de exercícios, ensaios, meditações, expressar, exprimir o vivido. "Aspiro verbos doidos". "Dois ou três de mim atacam uma celerada fração de segundo". "Diamantes ensanguentados me cicatrizam de luz". "Tu e eu nos morremos como gélidos amantes ardentes...". Não adianta. Nada se compara ao que sinto, ao que me toma, ao que me atravessa, ao que me entra. É como *soul*, é como *jazz*, é como o vento selvagem. Beijo, lambo, chupo, mordo, mastigo o trânsito, o transitório, as travessias. Devoro com prazer, avidez e fúria cada mínimo átimo de meus sucessivos e simultâneos estados, estares. Sorvo, absorvo, extraio de todo e cada gole, trago, bocado, de toda e cada dose o doce, o amargo, o azedo, o agridoce, o salgado das coisas, até alcançar o aguado, até o insípido vir à tona em meu paladar, em mim. Estou me tornando todinho aquilo em que me torno:

passagem e passageiro, passo ligeiro que não se demora. Se fico duro, me derreto. Se fico molhado, me derramo. Se derramo, evaporo. É delicioso, saboroso demais esse movimento. É como devorar cosmos em calda. Nunca gozei tanto. Em nenhuma outra época a vida me presenteou com tanto ouro, com tanto incenso, com tanta mirra. Modéstia à parte, acho que mereço. Tenho me comportado bem. Venho atuando com destreza, competência e dignidade. Aceito de bom grado e com seriedade todos os papéis, todos os personagens que recebo. No momento estou interpretando o papel de um antropófago que caça, guerreia, abate o inimigo, monta fogueira, assa e come sua presa. Tem sido uma experiência fascinante. Afinal, é bom voltar às origens de quando em vez e, saciada a fome, deitar sob a sombra de uma árvore frondosa e preguiçosamente cochilar tal qual Macunaíma. Ah, jamais gozei tanto. Não tenho como descrever, não há como traduzi-lo. *So wild is the wind...*

LV

Eu não ando só. Em minha caminhada, no transcurso dessa minha travessia, tenho sido acompanhado por gente de toda espécie, de todo tipo, de toda estirpe: bandidos, vagabundos, bêbedos equilibristas, ladrões, guerreiros, guerrilheiros, cangaceiros, contrabandistas, heróis, anti-heróis, párias, pobres-diabos, putos, filhos de putas. Alguns de moral duvidosa, outros simplesmente amorais. Uns nobres de espírito, outros adoráveis, outros tantos intratáveis. Porém, de um modo ou de outro, juntei-me a eles. De uma maneira ou de outra, tornamo-nos bons companheiros. Com eles transito, guiado por um genuíno afeto, por um sentimento de confiança e cumplicidade. Percorremos vilas, cidadelas, ruas, bairros, bares, tabernas. Exploramos com alegria e entusiasmo deliciosos jardins, trilhas, matas, montanhas. Penetramos qual farpa ou pica de toureiro úmidos manguezais, as tangências, os interstícios de pântanos, sertões, de zonas costeiras. Eu, aventureiro, dou uma de artista amador, de desenhista diletante a rabiscar corpos – o meu e os de meus parceiros –, com suas dobras, com suas curvas, com suas setas verticais e pontiagudas, com seus semicírculos e fractais. De repente, uma cena de escândalo. Há briga na bodega! O arruaceiro, um poeta cego, acaba de ser apreendido e atirado no labirinto onde, para sorte sua, o Minotauro hiberna. Também já fui preso e torturado com golpes de espada untada com azeite e mel. Eu não ando só. E mesmo sendo todos de pátrias diferentes, falando línguas que desconheço, estamos irmanados pelo elo do silêncio e da subversão do tempo. Não há para nós, portanto, presente, passado ou futuro. Transgredimos as noções convencionais de espaço, desterritorializamo-nos, fazendo um bom uso de nossos equipamentos: pernas varicosas, roupas e unhas sujas, cabelos desgrenhados, dentes estragados, hálito fétido. Nós: atores, áugures, errabundos. Hoje o sol do meio-dia nos abordou. Deu-nos voz de prisão. Como nenhum de nós tinha dinheiro ou documentos, fomos conduzidos a um bonito bosque e, uma vez lá, me lembrei de ti, de tua beleza disposta numa tela na qual as imagens mais belas se sucediam. Sorri de alegria porque me lembrei de ti e de teu lindo rosto. Por essa razão, só por esse motivo, por um instante parei. Parei para te pedir, para te dizer: amor meu, sorri, sê vagabundo e feliz, sê nômade e bandido como aquele, como este em que me tornei!

LVI

Fui Baco, Dioniso, Narciso. Fui Ulisses, Odisseu, Tadzio, Querelle. Fui Herculine, Orlando, Tirésias, Oxumaré. Agora estamos todos mortos. Meu corpo, tão maltratado, tão maltrapilho corpo em todas as suas versões. Corpo subjugado, supliciado, sempre estendido, de bruços deitado sobre a esteira do abandono, sepultado no túmulo do esquecimento. Corpo coberto de terra e cal. Corpo encoberto, enrolado com molambos, andrajos surrados, surrupiados, a dentadas arrancados. Farrapos apodrecidos, frágeis e finíssimos. Consultei o oráculo. O oráculo sentenciou: "Não tem jeito, não tem saída, não tem mais volta. Eis o teu futuro, o teu destino, a tua sina. Aceita, aceita, aceita!". Restaram-me restos, nada mais que restos, soltos, aleatórios, jogados fora. Sobras, migalhas, minúsculos pedaços esfarelados. Rastros, restingas. Trechos estreitos. Campos desertos, campinas, caatingas. Devo seguir, continuar. Devo renascer, ressuscitar como Tântalo, o infeliz. Não posso retroceder, voltar atrás? "Não", respondeu o oráculo. O barco afundou, a ponte ruiu, a estrada estará para sempre interditada. Estou isolado numa ilha continental, longe de qualquer esfera habitada. Andando em círculos, trasladando areia e sal. Fadado a procurar e jamais achar água, alguma seiva doce, ambrosia. Estou empenhado em seduzir, cativar os encantados e invisíveis seres que respiram e se movem como eu. Não, não é um drama, não é uma tragédia. Sedento, faminto, exausto prossigo. Probo, altivo, vaidoso, quase arrogante, fico a espreitar o sol, enquanto reviro, vasculho os entulhos de minh'alma, na intenção de recuperar o meu corpo com seus molambos, andrajos, farrapos, para que eu possa descansar em paz. Seria possível apagar antigos vestígios, esquecer o passado, abandonar o que renunciei, começar um novo começo, reinventar a vida, superar o que sou e depois ultrapassar-me? Seria possível o impossível? Abdiquei de tudo, abri mão do que um dia tive em minhas mãos. Abri mão de ti. Te extirpei do meu coração. Estou ilhado, alijado do mundo, alheio ao transmutar do mesmo que flui. "Não tem retorno, não tem mais volta", disse o oráculo. Não tem mais volta, não há como barganhar com o destino. Baco, Dioniso, Narciso, Ulisses, Odisseu, Tadzio, Querelle, Herculine, Orlando, Tirésias, Oxumaré, morremos todos. E o meu coração? E o teu? Fênice, ressurgi das cinzas, vinde a mim, opera teu milagre sobre o amor que para trás deixei...

LVII

Fui, parti. Rodei o mundo de um extremo a outro, desde o interior até as capitais da Busca, do Sonho, da Alegria, do Êxtase, da Dúvida, da Dor, do Amor. Do Amor? Longa jornada... Foi, tem sido. Será ainda? Corrida, maratona, peregrinação, odisseia, travessia. Percorri cidades, países, continentes. Cruzei oceanos e desertos. Costurei arquipélagos a remadas, a nado. Risquei rios e florestas. Avistei um sem-número de céus e montanhas, de horizontes, anoiteceres, de pontes, pomares e poentes. Fiz tudo o que pude, o quanto pude, o que não. Esforcei-me para ser digno, são e casto; para agir com retidão. Assim o faço, tento. Mas sei que me desvio, que carrego em mim uma tendência atávica a me desviar. Perdulário, filho pródigo, tive em minhas mãos chaves, senhas, códigos secretos, tesouros, poções mágicas, a ciência de magos e alquimistas. Entretanto eu, tolo, incauto, nada retive, nada guardei, tudo dilapidei. Creio que seja essa a razão pela qual a polícia me procura, me persegue, anda no meu encalço. Sou a presa, a caça, o alvo. Francamente não sei ao certo qual foi o crime que cometi. Desta vez não. Os guardas tampouco sabem. Porém, brando ou grave, devo ter cometido algum delito. Afinal, de um modo ou de outro, somos todos criminosos, não? Sim, inclusive tu, que certamente me eliminaste de tua vida tão logo parti, pouco depois que te deixei. Ao longo de minha viagem tive que aprender a reavaliar muitos valores, a perceber a importância de também desaprender, de relativizar uma série de coisas, até mesmo noções como as de "bem" e "mal". Agora vejo que nenhuma vilania é proibida de antemão, que o sentido da maldade não é universalmente partilhado, que nem mesmo o egoísmo deve ser punido por lei, que em algumas culturas afrontar deuses e seus ácaros não é apenas uma atividade permitida, mas um exercício de legítima defesa. Sacrificar o amor, atentar contra a vida da vida, por exemplo, constituem mandamentos presentes – com pouquíssimas variações – nos mais diversos estatutos, em inúmeros códigos de ética, em muitas regras de conduta entre povos os mais distintos. Imagine, atualmente trabalho fornecendo armamentos ilícitos. Já te disse que minto. Não tenho culpa se sou um mitômano. Mesmo assim, peço-te discrição, que não reveles a ninguém o meu atual ofício, este meu sub-reptício ganha-pão. Sou um foragido, um cativo apaixonado. Posso ser preso e ter de escrever o meu "diário de um ladrão".

LVIII

Por acaso recebeste o anúncio de minha morte?
Leste o meu obituário? Eu mesmo o escrevi. Não
foi troça ou chantagem. Não foi ameaça nem brincadeira. Não blefei, não menti. É verdade. Sim,
morri. Estou morto. Sou agora um homem póstumo,
finado, defunto. Vou indo embora, estou prestes a te deixar rumo à mansão dos mortos. Falta
pouco, muito pouco para eu partir. Irei em boa
hora, depois que o galo cantar pela terceira vez,
quando o sol raiar, no momento em que a luz do
céu se acender. Alma errante, espírito viandante,
assim serei. Ora, veja que loucura, que dispa-
rate o meu! Já fui, já parti. Faz tempo que morri.
Sim, agora me lembro perfeitamente como tudo se
deu. Morri e não morri. Ainda estou aqui. Espera,
aguarda! Tende paciência, mantém-te calmo. Vou
escrever-te agora mesmo. Enviar-te-ei uma carta,
pedindo para ignorares a notícia que te dei. E
mais! Vou pedir-te para desconsiderares todas
as missivas, os relatos que enviei antes para ti.
Direi para rasgares, jogares fora, queimares
tudo, deixares tudo arder. Afinal, tudo queima,
tudo arde, tudo tem febre. A vida convulsiona
como eu agora: corpo morto ainda vivo em chamas,
40 ºC mergulhado na penumbra, coberto de sombras. Suando, emurchecendo, mirrando. Quarto
escuro tomado pelo fogo. Incêndio na casa mal-
-assombrada. Livros, móveis, lençóis. Alexandria,
Roma, Lisboa, Gomorra, Sodoma. Chamas a consumir cidades, impérios inteiros. Tudo queima, tudo
arde, tudo fumaça e cinzas. Tentei ser bom, fui

mau. Quis ser gentil, fui cruel. Tentei três, quatro vezes. Tentei pintar um quadro à maneira de Goya, de Ernst, de Bacon, de Bosch. Tentei pintar um quadro bem daquele jeito. Tudo em vão. Meu patrimônio, meu espólio, minha herança, tudo se foi junto com as chamas. Não sobrou nada além de fragmentos tostados. Como o sol, o fogo arde, queima e brilha. Assim, enquanto houver sol, luz, som, ruído e dor no mundo, alguém usará palavras – repetindo velhas, inventando novas – para dizer coisas do tipo: "Amado meu, escrevo esta carta para te dizer que morri. Faleci às _ horas do dia _ de _ do ano de _. Estou morto. Acabei de entrar no mundo dos mortos". Que faço eu, que outro destino dar às palavras? No momento isso não tem a menor importância. Hoje eu teria muito a te dizer, e tudo te diria abertamente, desbragadamente, sem temor, sem pudor, sem vergonha, sem subterfúgios. Ocorre que estou queimando, ardendo em febre. Todo o meu ser (morto-vivo) é combustão.

LIX

Templos, torres celestiais, belos túmulos, coloridos terreiros. Palácios, monastérios, jardins suspensos, memoriais, gigantescos monumentos. Sepulcros, santuários, sudários limpos. Névoa, perfumada neblina, nuvens novas, novenas. Rituais, trabalhos. Terços, transes, preces, rezas. Murmúrios, balbucios, orações. Sonhos, desmaios, delírios. Riscos, cortes, frinchas, brechas, aberturas de luz. Pantanais quânticos, falésias, litorais, ridentes manguezais. Anjos, santos, ternos centauros, doces monstros. Eu, epiléptico, entre as coisas e as criaturas. Eu, cavaleiro convulsionado, rumo ao farol sagrado. Cassandra, fera humana, anuncia a chegada, o dia do julgamento. A noite calada, somente ela, a me ouvir ouvindo o estrondoso som das trombetas. Ela, noite negra e molhada, a me cobrir, assistindo ao paroxismo da primavera. Somente eu e ela sabemos que, após todos os crepúsculos, está prestes a nascer o menino: estrela no céu, filho na terra. Viajante, peregrino, aventureiro. Desbravador do futuro, de outros mundos, de outras esferas. E em todas elas estaremos tu e eu. Tu e eu em meio à multidão de ressuscitados zonzos, ainda entorpecidos após o abrupto despertar do sono de séculos e séculos. Tu e eu, amado meu, depois da partida, da separação, da despedida. Tu e eu, depois do silêncio, da solidão, do sofrimento, da dor. Tu e eu novamente juntos, unidos no encontro: dádiva cheia de graça, benemérito instante. Medalha, troféu, recompensa. Momento mágico, contentamento, celebração, chegada. Gloriosa vitória, dourada maravilha, paz e bem, libertação, plenitude. Calor do contato, alegria do abraço, o sabor do beijo. Entrada, delicioso rasgo, penetração do Êxtase. Profundo despertar da leveza, do amor, do perdão. Hora gentil, suave e soberana. Fabulosa hora do Sim, do Sim dito, do Sim sentido, do Sim cantado. Era de um milhão de vezes Sim; de um milhão multiplicado por mil e por outro milhão de vezes: Sim! Sim ao prazer, à ventura de todos os sentires. Sim às vindas, aos retornos e às novas partidas. Sim à ação, ao movimento, ao caminhar. Sim à vida e ao que a vida não abarca. Sim ao fim, à morte, ao fim da morte, à morte do fim, à conexão, à fusão, à dissolução, ao *religare*. Sim ao absurdo, ao absoluto, ao fechamento do definitivo e efêmero ciclo da incompletude. Sim a ti, a mim, a nós. Sim ao enquanto for, ao enquanto durar, ao enquanto existir. Sim ao que assim seja. E que assim seja, e que assim seja... Amém.

LX

Hoje acordei tarde. Mais tarde do que costumo acordar. Friozinho gostoso o dessa manhã, consequência da chuva que caiu durante toda a noite passada. Ao despertar, me dei conta de que eu estava cercado por inúmeras poças d'água, diminutos poços a refletir a luz de um sol vetusto, porém muito bem-disposto. Sonolento ainda, ao me levantar surpreendi a imagem envelhecida e inchada do meu rosto multiplamente espelhado naqueles minúsculos lagos. Não me lembro da última vez em que havia me visto, de modo que me sobressaltei, tomei um susto. Espécie rara, *sui generis*, de *déjà vu*. "Meu" rosto, "esse" rosto, "aquele" rosto, a um só tempo tão estranho e familiar, me confundiu. O que eu estava observando: o passado se repetindo, o presente renovado ou o futuro antigo, caduco? Estaria eu mirando adiante ou a parte de trás da história? Por um momento me esqueci da fuga. O lapso, a amnésia, contudo, não durou muito, e logo recobrei a consciência da viagem. O que foi ainda mais estranho, pois não se tratava da viagem que até então eu vinha empreendendo, e sim de outra viagem, da viagem de volta por assim dizer, como cantou o poeta. Todavia, para dar início a essa viagem – uma outra, a primeira, quem sabe a última –, percebi que era preciso colocar em prática o exercício do reconhecimento. Reconhecer, por exemplo que, desde que parti, a cada instante pude vislumbrar o novo: nas estradas, nos caminhos, no mar, nos rios, nas serras, nos céus, nos desertos, em mim. Reconheço que a cada passo dado recebi a dádiva, o dom da descoberta, do redescobrir. Reconheço que aprendi que todas as coisas estão destinadas, desde o princípio, a fenecer, a se dissolver, a se transformar, a desaparecer. Eis o movimento, a dinâmica, a essência, o propósito da vida. Reconheço que sou, que somos parte dessa misteriosa engrenagem que torna possíveis nossa felicidade e nossa finitude. Valeu a pena fazer essa viagem? Sim, valeu a pena. Graças a ela me redescobri sendo um outro, mesmo sendo eu mesmo. Devo seguir em frente? Claro que não, óbvio que sim. Eu vou, de um jeito ou de outro. De um jeito e de outro. Renovar, rejuvenescer, reinventar, recriar: vontade e necessidade. Agora, enquanto escrevo esta carta, sinto que é chegada a hora de voltar. Sim, é preciso, eu quero. Então, a próxima carta que enviarei para ti começará assim: "Meu amor, escrevo para te dizer que estou voltando, que em breve estarei chegando para contigo ir...".

LXI